Anthony Trollope

Das Pfarrhaus Framley

Ein Roman

Anthony Trollope

Das Pfarrhaus Framley
Ein Roman

ISBN/EAN: 9783743643222

Hergestellt in Europa, USA, Kanada, Australien, Japan

Cover: Foto ©Andreas Hilbeck / pixelio.de

Weitere Bücher finden Sie auf **www.hansebooks.com**

Das
Pfarrhaus Framley.

Ein Roman

von

Anthony Trollope,

Verfasser von: „Doctor Thorne," „Schloß Richmond" ꝛc.

Deutsch

von

A. Kretzschmar.

Vierter Band.

Wurzen,

Verlags-Comptoir.

1864.

Das Pfarrhaus Framley.

Vierter Band.

Erstes Kapitel.

In welchem der kalte Verstand vorherrscht.

„Es wird am Besten sein, wenn wir nach Plumstead zurückkehren," hatte der Oberdecan Grantly zu seiner Gattin gesagt, als er ihr mitgetheilt, daß seine Aussichten, Bischof von Westminster zu werden, vor der Hand vereitelt seien.

„Es thut mir um Griselda's willen leid," sagte seine Gattin später am Abend, als sie wieder beisammen waren.

„Ich glaubte aber, sie sollte bei Lady Lufton bleiben."

„Das wird sie auch, wenigstens noch einige Zeit. Es giebt Niemanden, dem ich sie, wenn sie ein Mal nicht bei mir selbst sein kann, so gern anvertrauen

1*

möchte, als Lady Lufton. Sie ist Alles, was man wünschen kann."

„Sehr richtig, und insoweit Griselda in Frage kommt, kann ich nicht sagen, daß sie meiner Ansicht nach zu bemitleiden wäre."

„Zu bemitleiden vielleicht allerdings nicht," sagte Mistreß Grautly, „aber Du siehst wohl, daß Lady Lufton ihre eigenen Absichten hat."

„Ihre eigenen Absichten?"

„Es ist kaum noch ein Geheimniß, daß ihr viel daran liegt, eine Heirath zwischen Lord Lufton, ihrem Sohne, und Griselda zu Stande zu bringen, und obschon dies eine ganz annehmbare Partie wäre, wenn —"

„Lord Lufton soll Griselda heirathen?" rief der Oberdecan, indem er die Augenbrauen emporzog. Er hatte bis jetzt über die Zukunft seines Kindes fast noch gar nicht nachgedacht. „So Etwas habe ich mir noch nicht träumen lassen."

„Andere Leute aber haben schon mehr gethan, als davon geträumt. Was die Partie an und für sich betrifft, so glaube ich, daß dagegen Nichts einzuwenden wäre. Lord Lufton wird kein sehr reicher Mann sein, aber sein Besitzthum ist ein ganz anständiges und sein Charakter, in so weit ich ihn kenne, im Ganzen genommen gut. Wenn die beiden jungen Leute einander

lieben, so würde ich mit einer solchen Heirath ganz
zufrieden sein. Ich muß jedoch gestehen, daß mir der
Gedanke, Griselda ganz allein bei Lady Lufton zu
lassen, nicht recht gefallen will. Die Leute werden die
Sache als eine abgemachte betrachten, während sie dies
doch nicht ist und auch sehr wahrscheinlich nie werden
wird — und dies kann dem armen Mädchen Schaden
bringen. Sie wird sehr bewundert — dies läßt sich
nicht bezweifeln — und Lord Dumbello —"

Der Oberdecan riß die Augen noch weiter auf.
Er hatte bis jetzt keine Idee gehabt, daß ihm eine
solche Auswahl von Schwiegersöhnen zur Verfügung
stände, und die Höhe, auf welche der Ehrgeiz seiner
Gattin sich verstieg, machte ihn förmlich schwindlig.

„Ich muß gestehen, daß es mir ärgerlich ist, Lon=
don jetzt verlassen zu sollen," hob Mistreß Grantly
wieder an.

„Es hilft aber ein Mal Nichts," entgegnete der
Oberdecan etwas mürrisch, denn er war ein Mann,
der in gewissen Beziehungen seinen eigenen Weg zu
gehen wünschte und auch wirklich ging.

„O, ich weiß recht wohl, daß es sich nicht ändern
läßt," sagte Mistreß Grantly in einem Tone, als ob
ihr ein schweres Unrecht zugefügt worden wäre. „Ich
weiß wohl, daß es sich nicht ändern läßt. Die arme
Griselda!"

Und dann ging sie zu Bett.

Am nächstfolgenden Morgen kam Griselda zu ihr, und in einer streng vertraulichen Unterredung sagte ihre Mutter in Bezug auf die Absichten für ihre Zukunft mehr zu ihr, als sie bis jetzt darüber mit ihr gesprochen.

„Und Papa wird also nicht Bischof von Westminster?" fragte die junge Dame, als ihre Mutter ihr das verderbliche Thun und Treiben der Riesen in dieser Beziehung möglichst deutlichst auseinander zu setzen gesucht hatte.

„Nein, liebes Kind, wenigstens jetzt nicht."

„Wie schade! Ich dachte, es wäre schon Alles fest entschieden. Wie werden sich die Proudies freuen!"

Griselda hätte stundenlang über dieses Thema sprechen können, wenn ihre Mutter es ihr gestattet hätte, aber es war nothwendig, daß man auf andere Dinge überging. Deßhalb begann Mistreß Grantly von Lady Lufton zu sprechen, indem sie sagte, was für eine treffliche Frau dieselbe sei, und setzte dann hinzu, Griselda sollte so lange in London bleiben, als es ihrer Freundin und Wirthin gefiele, mit ihr zu bleiben.

Dies werde, meinte sie, höchst wahrscheinlich nicht mehr lange sein, denn es sei bekannt, daß Lady Luf=

ton, wenn sie in London sei, alle Mal nicht schnell genug wieder nach Framley zurückkommen könne.

„Dies Jahr glaube ich jedoch nicht, daß sie sich so sehr beeilen wird, Mama," entgegnete Griselda, der es im Monat Mai natürlich in London besser gefiel, als in Plumstead, und der übrigens auch das Wappen an Lady Lufton's Equipage keineswegs unangenehm war.

Und nun begann Mistreß Grantly ihre Auseinandersetzung, obschon sehr vorsichtig.

„Da hast Du Recht, liebes Kind, dieses Jahr wird sie sich nicht so sehr beeilen — das heißt, so lange als Du bei ihr bist."

„Ja, sie ist sehr freundlich gegen mich."

„Das weiß ich, und Du bist ihr viel Liebe und Dank schuldig. Ich selbst habe keine Freundin in der Welt, der ich mit größerer Achtung und Zuneigung zugethan wäre. Dies ist auch der Grund, aus welchem ich Dich so gern bei ihr lasse."

„Dennoch aber wäre es mir lieb, wenn Ihr, Du und Papa, auch dabliebet, das heißt, wenn Papa Bischof geworden wäre."

„Es kann Nichts nützen, jetzt weiter daran zu denken, liebes Kind. Was ich Dir besonders zu sagen wünsche, ist dieses: Ich glaube, Du mußt von den

Ideen unterrichtet werden, mit welchen Lady Lufton sich trägt."

„Ideen!" wiederholte Griselda, die sich noch niemals um die Gedanken Anderer bekümmert hatte.

„Ja, Griselda; während Du in Framley Court warst und auch, seitdem Du hier in London in Lady Lufton's Hause weilst, mußt Du ihren Sohn Lord Lufton sehr oft zu Gesicht bekommen haben!"

„Er besucht das Haus seiner Mutter hier nicht oft — das heißt nicht s e h r oft."

„So, so," entgegnete Mistreß Grantly sehr sanft. Sie hätte lieber gar Nichts gesagt, konnte sich aber nicht ganz überwinden. Wenn sie Grund fand, zu glauben, daß Lady Lufton falsch gegen sie sei, so wollte sie ihre Tochter sofort wegnehmen, den Tractat aufheben und sich für das Hartletop = Bündniß bereit machen.

Dies waren die Gedanken, welche ihr durch den Kopf gingen. Dabei wußte sie aber doch, daß Lady Lufton nicht falsch war. Die Schuld lag nicht an Lady Lufton, vielleicht auch nicht ganz an ihrem Sohne. Mistreß Grantly hatte wohl eingesehen, wie begründet die Klage war, welche Lady Lufton gegen ihre Tochter erhoben, und obschon sie natürlich ihr Kind vertheidigt hatte, so gestand sie sich doch selbst, daß Griselda's Aussichten auf eine Verheirathung ersten Ranges besser sein würden, wenn sie etwas weniger zurück= haltend wäre. Eine Bildsäule wünscht Niemand zu heirathen, selbst wenn sie noch so klassisch schön wäre. Allerdings konnte sie ihre Tochter nicht lehren, leben= diger zu sein, eben so wenig, als sie ihrer Länge eine Elle zusetzen konnte, aber war es nicht möglich, sie wenigstens zu lehren, dies zu scheinen? Die Aufgabe war eine sehr delicate, selbst für die Hand einer Mutter.

„Natürlich kann Lord Lufton hier in London nicht so viel zu Hause sein, als daheim in der Provinz," sagte Mistreß Grantly, welche jetzt nothwendig Lord Lufton's Partie nehmen mußte. „Er muß in seinem Club, im Oberhause und noch an zwanzig andern Orten sein."

„Er besucht sehr gern Gesellschaften und tanzt sehr schön."

„Davon bin ich überzeugt. Ich habe es selbst gesehen und glaube auch eine Person zu kennen, mit welcher er sehr gern tanzt."

Und die Mutter drückte ihrer Tochter liebreich die Hand.

„Meinst Du mich, Mama?"

„Ja, ich meine Dich, liebes Kind. Und ist es nicht wahr? Lady Lufton sagt, er tanze mit Dir lie= ber, als mit irgend einer andern Dame in London."

„Das weiß ich weiter nicht," sagte Griselda, indem sie die Augen zu Boden schlug.

Mistreß Grantly dachte, es sei dies im Ganzen genommen ein ganz guter Anfang, und fuhr in immer noch vorsichtiger Weise fort:

„Wenigstens sagt Lady Lufton es. Sie meint, ihr Sohn tanze mit Dir am Liebsten. Was meinst Du selbst dazu, Griselda?"

„Ich weiß es nicht, Mama."

„Aber junge Damen müssen über dergleichen Dinge nachdenken."

„Wirklich, Mama?"

„Ich glaube es wenigstens. Du mußt nämlich wissen, Griselda, daß Lady Lufton glaubt — kannst Du nicht errathen, was sie glaubt?"

„Nein, Mama," sagte Griselda, aber dies war eine kleine Lüge.

„Sie glaubt, meine Griselda werde für ihren Sohn die beste Gattin sein, die er in der Welt finden könne, und ich denke dasselbe. Ich glaube, ihr Sohn ist ein sehr glücklicher Mann, wenn er ein solches Weib bekommen kann. Und was denkst Du, Griselda?"

„Ich denke gar Nichts, Mama."

„Aber das geht nicht so, liebes Kind. Du mußt denken!" rief Mistreß Grantly. „Du mußt mit Dir einig werden, welche Antwort Du geben würdest, wenn

Lord Lufton sich um Deine Hand bewürbe, wie seine
Mutter so lebhaft wünscht.“

„Aber er wird das nie thun, Mama.“

„Wenn er es nun doch thäte?“

„Ich bin fest überzeugt, daß er es nicht thun
wird. Er denkt an so Etwas nicht, und — und —“

„Nun was, liebes Kind?“

„Ich weiß es nicht, Mama.“

„Aber gegen mich wirst Du Dich doch ausspre=
chen, liebes Kind. Ich habe ja Nichts im Auge, als
Dein Glück. Lady Lufton glaubt, eben so wie ich,
daß es eine glückliche Heirath sein würde. Sie glaubt,
ihr Sohn liebe Dich. Wenn er aber zehn Mal Lord
Lufton wäre, so würde ich Dich nicht quälen, wenn
ich glaubte, Du könntest ihn nicht lieben. Was woll=
test Du sagen, liebes Kind?“

„Lord Lufton hat Lucy Robarts weit lieber, als
— als — als sonst Jemanden, glaube ich,“ sagte
Griselda plötzlich, ein Wenig lebendiger werdend, „ob=
schon sie ein plumpes, kleines, schwarzes Ding ist.“

„Lucy Robarts!“ sagte Mistreß Grantly ein
Wenig überrascht, zu finden, daß ihre Tochter von
einer solchen Leidenschaft wie Eifersucht bewegt werden
konnte, und indem sie sich zugleich vollkommen über=
zeugt fühlte, daß nach dieser Richtung hin kein mög=
licher Grund zur Eifersucht vorhanden sein könnte.

„Lucy Robarts, liebes Kind! Ich glaube nicht, daß
Lord Lufton jemals anders, als aus purer Höflichkeit
mit ihr gesprochen hat."

„O doch, Mama. Entsinnst Du Dich nicht
mehr, wie es in Framley war?"

Mistreß Grantly begann zurückzudenken und
glaubte sich wirklich zu erinnern, daß sie ein Mal
Lord Lufton in ziemlich vertrauter Weise mit der
Schwester des Vicars sprechen gesehen. Dennoch war
sie überzeugt, daß weiter Nichts dahinter gewesen sei.
Wenn dies der Grund war, aus welchem Griselda
sich gegen Lord Lufton so kalt zeigte, so ließ sich dem
sofort abhelfen.

„Jetzt, wo Du sie nennst, entsinne ich mich der
jungen Dame auch," entgegnete Mistreß Grantly.
„Es war eine kleine Brünette ohne viel Figur. Es
schien mir, als hielte sie sich sehr im Hintergrunde."

„Das weiß ich weiter nicht, Mama."

„Aber, meine liebe Griselda, deßwegen wirst Du
Dir doch nicht allerhand Gedanken machen? Lord
Lufton ist natürlich verpflichtet, gegen jede junge
Dame im Hause seiner Mutter höflich zu sein, und
ich bin überzeugt, daß er in Bezug auf Miß Robarts
keine andere Idee hat. Von ihrem Verstand und ihrer
Bildung kann ich allerdings nicht sprechen, denn ich
kann mich nicht entsinnen, daß sie in meiner Gegen=

wart nur ein einziges Mal ben Munb aufgethan hätte,
aber —"

„O, wenn sie will, so weiß sie sehr viel unb sehr
gut zu sprechen. Sie ist ein schlaues kleines Ding."

„Aber jedenfalls besitzt sie boch nicht die minde=
sten persönlichen Reize unb ich glaube nicht, baß Lorb
Luston ber Mann ist, ber sich burch irgenb Etwas,
was Miß Robarts thun ober sagen könnte, gewinnen
ließe."

Bei ben Worten „persönliche Reize" wenbete
Griselba verstohlen ben Hals so, baß sie sich in einem
ber Spiegel von ber Seite erblicken konnte, unb bann
richtete sie sich gerabe, spielte mit ben Augen unb sah,
wie ihre Mutter bachte, sehr gut aus.

„Mir kann es natürlich einerlei sein, Mama,"
sagte sie.

„Das weiß ich wohl, liebes Kinb. Es ist burch=
aus nicht mein Wunsch, Deinen Gefühlen auch nur
ben leisesten Zwang anzuthun. Wenn ich zu Deinem
guten Verstanbe unb Deinen festen Grunbsätzen nicht
das unbebingteste Vertrauen hätte, so würbe ich nicht
auf biese Weise mit Dir sprechen. Da bies aber ber
Fall ist, so hielt ich für das Beste, Dir zu sagen, baß
sowohl Labh Luston, als auch ich uns sehr freuen
würben, wenn wir glauben könnten, baß Ihr, Lorb
Luston unb Du, Liebe zu einanber hättet."

„Ich bin überzeugt, daß er nie an so Etwas denkt, Mama."

„Und was Lucy Robarts betrifft, so bitte ich Dich, Dir diese Gedanken aus dem Sinne zu schlagen. Du solltest dem jungen Lord in dieser Beziehung bessern Geschmack zutrauen."

Es war jedoch nicht so leicht, Griselda irgend Etwas aus dem Kopfe zu bringen, was sie sich ein Mal hineingesetzt hatte.

„Was den Geschmack betrifft, Mama, so läßt sich darüber nicht streiten," sagte sie, und damit war das Gespräch über dieses Thema zu Ende.

Das Ergebniß, welches es auf Mistreß Grantly's Gemüth äußerte, war eine fast an Ueberzeugung grenzende Meinung zu Gunsten der Dumbello=Frage.

———

Zweites Kapitel.

In welchem das warme Gefühl vorherrscht.

Meine Leser werden sich hoffentlich noch Alle erinnern, wie Puck, der Pony, während jener Fahrt nach Hogglestock geprügelt ward. Es läßt sich annehmen, daß Puck selbst bei dieser Gelegenheit nicht viel Schmerzen litt. Sein Fell war nicht so weich, wie Fanny's Herz. Er war gut gemästet, und wenn die Peitsche ihn berührte, that er einen Sprung und schüttelte seine kleinen Ohren und lief zwanzig Schritt weit mit äußerster Schnelligkeit, damit seine Herrin glauben sollte, es habe ihm fürchterlich wehe gethan. In der That aber war Puck während dieser Peitschenhiebe nicht der, welcher den größten Schmerz empfand.

Lucy war durch den Drang ihrer eigenen Ge-
fühle und durch die Unmöglichkeit, die Angemessenheit
einer Heirath zwischen Lord Lufton und Miß Grantly
zuzugestehen, gezwungen worden, zu erklären, daß sie
Lord Lufton lieb habe, wie einen Bruder.

Sie hatte dies — und mehr noch als dies —
schon oft zu sich selbst gesagt. Jetzt aber hatte sie es
laut zu ihrer Schwägerin gesagt, und sie wußte, daß
Das, was sie gesagt, wohl gemerkt und überlegt ward,
und daß es in gewissem Grade die Ursache einer ver-
änderten Handlungsweise geworden war.

Fanny erwähnte die Luftons in der zufälligen
Unterhaltung sehr selten und sprach von Lord Lufton
nur dann, wenn sie in Folge einer von ihrem Gatten
gemachten Bemerkung nicht anders konnte.

Lucy hatte bei mehr als einer Gelegenheit diesem
Uebelstand abzuhelfen gesucht, indem sie von dem jun-
gen Lord in lachendem und vielleicht halb spöttischem
Tone sprach, sarkastische Bemerkungen über seine Jagd-
liebhaberei machte und sogar seine angebliche Liebe zu
Griselda lächerlich zu machen suchte.

Sie fühlte aber, daß ihr dies nicht gelang, wenigstens nicht Fanny gegenüber, und was ihren Bruder
betraf, so sah sie ein, daß diesem dadurch die Augen
eher geöffnet, als geschlossen werden würden.

Demzufolge gab sie diese Bemühungen auf und

spra███ber Lord Lufton weiter kein Wort. Ihr Geheimniß war heraus, und sie fühlte es.

Zu dieser Zeit waren die beiden Damen mit einander sehr oft allein in dem Gesellschaftszimmer des Pfarrhauses, öfter vielleicht, als dies seit Lucy's Anwesenheit hier jemals der Fall gewesen.

Lady Lufton war in London und der fast tägliche Besuch in Framley Court ward daher nicht gemacht.

Mark war sehr oft in Barchester, wo er ohne Zweifel sehr schwere Pflichten zu erfüllen hatte, ehe er als Mitglied des Domcapitels aufgenommen werden konnte.

Eigentlich wohnhaft war er noch nicht in Barchester, denn das Haus war nicht im Stande. Dies war wenigstens der angenommene Grund. Die Effecten des Doctor Stanhope, des verstorbenen Pfründners, waren noch nicht weggeschafft, und es stand hier auch noch einiger Verzug zu erwarten, weil mehrere Gläubiger ihre Rechte auf diese Sachen geltend machten.

Für einen Mann, welcher die ihm zukommende Wohnung sobald als möglich zu beziehen gewünscht, wäre dies vielleicht sehr störend gewesen, bei Mr. Robarts aber war dies durchaus nicht der Fall, und wenn Doctor Stanhope's Familie oder Gläubiger das

Haus noch ein ganzes Jahr im Besitz behielt, so war ihm dies gerade recht.

Auf diese Weise ward er in den Stand gesetzt, den ersten Monat seiner Abwesenheit von der Kirche in Framley durchzumachen, ohne von Lady Lufton beobachtet zu werden, denn diese befand sich während dieser ganzen Zeit in London. Dies war ebenfalls ein Glücksumstand und lehrte unsern jungen Pfründ= ner sein neues Amt mit günstigerem Auge betrachten, als er bis jetzt gethan.

Fanny und Lucy blieben auf diese Weise sehr häufig allein, und das Herz ist unter solchen die Ver= traulichkeit - begünstigenden Umständen vorzugsweise geneigt, sich auszusprechen.

Lucy war anfangs fest entschlossen, die äußerste Zurückhaltung zu bewahren. Sie wollte nie ihre Liebe gestehen, sie wollte ihren Kampf tapfer in der eigenen Brust ausfechten und ihren Feind gänzlich besiegen. Niemand sollte Etwas davon erfahren.

So war ihr Entschluß, aber am Ende der ersten Woche ward derselbe über den Haufen geworfen.

Sie hatten einen ganzen langen regnerischen Tag im Hause zugebracht, und da Mark in Barchester bei dem Decan speis'te, so hatten sie mit den Kindern auf dem Schooße ihre Mahlzeit sehr frühzeitig eingenom=

men. Die Frauen pflegen dies zu thun, wenn ihre Gatten sie sich selbst überlassen.

. Die Abenddämmerung brach schon ein und sie saßen, nachdem die Kinder zu Bett gebracht worden, immer noch im Gesellschaftszimmer, als Fanny zum fünften Male seit ihrem Besuch in Hogglestock den Wunsch auszusprechen begann, etwas Nachhaltiges für die Crawleys zu thun, ganz besonders für Grace Crawley, welche, während sie so neben ihrem Vater stand und unregelmäßige griechische Zeitwörter lernte, ihr als ein ganz besonderer Gegenstand des Mitleids erschienen war.

„Ich weiß nur gar nicht, wie ich es anfangen soll," sagte Fanny.

Jede Anspielung auf jenen Besuch in Hogglestock erinnerte Lucy alle Mal an den Gegenstand, welcher ihre Gedanken damals hauptsächlich beschäftigt hatte. Sie interessirte sich daher für Grace Crawley nicht so lebhaft, wie sie eigentlich gesollt hätte.

„Ja, das weiß man in der Regel nicht," antwortete sie.

„Schon auf unserer Heimfahrt dachte ich während des ganzen Weges darüber nach," sagte Fanny. „Die Schwierigkeit ist diese: Was können wir mit dem Mädchen beginnen?"

„Freilich," sagte Lucy und entsann sich genau

2*

der Stelle der Landstraße, wo sie erklärt hatte, daß sie Lord Lufton wirklich sehr lieb habe.

„Wenn wir sie erst einen Monat hierher nähmen und dann in die Schule schicken könnten — ich weiß aber, daß Mr. Crawley uns nicht erlauben würde, das Schulgeld für sie zu bezahlen."

„Das glaube ich auch nicht," sagte Lucy, deren Gedanken von Mr. Crawley und seiner Tochter Grace weit entfernt waren.

„Und dann würden wir auch nicht wissen, was wir hier mit ihr anfangen sollten."

„Gewiß nicht."

„Es wäre ganz verkehrt, wenn wir das arme Mädchen hierher zu uns in's Haus nehmen wollten, wenn nicht zugleich Jemand sie in irgend Etwas unterrichtete. Griechische Zeitwörter wird Mark sie nicht lehren."

„Das glaube ich auch nicht."

„Lucy, Du merkst nicht auf Das, was ich sage. Ich glaube, Du weißt schon seit einer Stunde nicht, wovon ich spreche."

„O doch — von Grace Crawley. Ich will gern versuchen, sie zu unterrichten, wenn Du willst. Freilich verstehe ich selbst nicht viel."

„Das war durchaus nicht meine Meinnng, und Du weißt auch, daß ich von Dir nicht verlangen würde, eine solche Last auf Dich zu nehmen. Aber ich sollte meinen, Du könntest die Sache wenigstens mit mir besprechen."

„Ei ja wohl. Was meintest Du? — Ach richtig, Du wolltest wissen, wer Grace Crawley die unregelmäßigen griechischen Zeitwörter lehren soll. Ach, liebe Fanny, ich habe fürchterliches Kopfweh — ich bitte Dich, sei mir nicht böse!"

Und mit diesen Worten warf Lucy sich auf dem Sopha zurück, drückte die Hand auf die Stirn und gab den Kampf auf. Fanny eilte sofort auf sie zu.

„Meine gute Lucy," rief sie, „wie kommt es, daß Du jetzt so oft Kopfweh hast? Sonst pflegte dies nicht der Fall zu sein."

„Ach, es ist blos meine Albernheit — ich bitte Dich, achte nicht weiter darauf. Wir wollen weiter von der armen Grace sprechen. Willst Du vielleicht eine Lehrerin für sie annehmen?"

„Ich sehe, daß Du nicht wohl bist, Lucy," sagte Fanny mit einem Blick inniger Theilnahme. „Was fehlt Dir, Theuerste?"

„Nein, nein, es fehlt mir Nichts — wenigstens Nichts, was der Mühe verlohnte, davon zu sprechen. Zuweilen ist es mir, als thäte ich besser, wenn ich nach Devonshire zurückkehrte und dort lebte. Ich könnte einige Zeit bei Blanche bleiben und mir dann eine Wohnung in Exeter miethen."

„Du willst nach Devonshire zurückkehren?" rief Fanny mit einem Blick, als ob sie glaubte, ihre Schwägerin müsse den Verstand verloren haben.

„Warum willst Du fort von uns? Du solltest ja unser Haus als Deine nunmehrige Heimath betrachten!"

„Ach, Fanny, ich bin sehr thöricht gewesen. Ich glaube nicht, daß ich hier bleiben kann, und wie sehr wünschte ich, niemals hierher gekommen zu sein! Ja, ja, so ist es, obschon Du mich mit so fürchterlichem Blick ansiehst."

Mit diesen Worten sprang sie auf, warf sich in die Arme ihrer Schwägerin und begann sie heftig zu küssen.

„Du weißt, Fanny, daß ich Dich liebe," fuhr sie dann fort. „Du weißt, daß ich mein ganzes Leben lang mit Dir und bei Dir zubringen könnte, aber —"

„Hat Mark vielleicht Etwas gesagt?" fragte Fanny.

„Nein — kein Wort, keine Silbe. Um Mark handelt es sich nicht."

„Ach, Lucy, ich fürchte, ich weiß, was Du meinst," sagte nun Fanny in leisem, zitterndem

Tone, während sich tiefer Kummer auf ihrem Antlitz malte.

„Freilich weißt Du es — Du weißt es längst. Du weißt es seit jenem Tage, wo wir nach Hogglestock fuhren. Ich wußte, daß Du es wußtest. Du wagst blos nicht, seinen Namen zu nennen. Ach, vor Mark kann ich heucheln, aber vor Dir hält meine Heuchelei nicht Stand. Ach, wäre es nicht wirklich besser, wenn ich wieder nach Devonshire ginge?"

„Meine gute, theure Lucy!"

„Ach, was für Thörinnen doch wir Mädchen sind! Und ich war so stolz auf meine Stärke, so überzeugt, daß ich niemals sentimental werden könnte! Ich war so fest entschlossen, ihn zu lieben, wie Mark oder wie Dich —"

„Ich werde ihm gar nicht mehr gewogen sein, wenn er vielleicht Worte zu Dir gesprochen hat, die er nicht hätte sprechen sollen."

„Aber das hat er ja nicht gethan! Er hat nie ein Wort zu mir gesprochen, wegen dessen Du ihm zürnen könntest — ausgenommen vielleicht, daß er mich mehrmals Du nannte, und daran war ich selbst schuld, nicht er."

„Wahrscheinlich, weil Du sentimental wurdest."

„Ach, Fanny, Du kannst nicht glauben, was für eine unbeschreibliche Närrin ich bin! — Er erzählte

mir, er habe meinen Vater gekannt und er sei mit
Mark in die Schule gegangen, und da er auch mit Dir
sehr gut befreundet sei, so müsse er mit mir ebenfalls
gut Freund werden. Ach, wie gut kennt seine Mut=
ter die Welt und die Menschen! Ich hätte ihn nie=
mals ansehen sollen."

„Aber, theuerste Lucy —"

„Ich weiß, was Du sagen willst, und gebe Alles
zu. Er ist kein Held. Er hat durchaus nichts Wun=
derbares an sich. Ich habe nie ein Wort der Weis=
heit oder auch nur einen einzigen poetischen Gedanken
von ihm vernommen. Er beschäftigt sich fast mit
nichts Anderem, als daß er hinter einem Fuchs her=
galoppirt, oder einen armen Vogel erlegt. In mei=
nem ganzen Leben habe ich nicht gehört, daß er auch
nur eine einzige große oder rühmliche That vollbracht
hätte — und dennoch —"

Fanny war über die Art und Weise, auf welche
ihre Schwägerin sprach, so erstaunt, daß sie kaum
wußte, was sie sagen sollte.

„Er ist, glaube ich, wenigstens ein vortrefflicher
Sohn," hob sie endlich an.

„Ausgenommen, wenn er nach Gatherum Castle
geht. Ich will Dir sagen, was er hat. Er hat schöne
gerade Beine, eine glatte Stirn, ein gutmüthiges
Lächeln und weiße Zähne. War es wohl möglich,

eine solche Zusammenstellung von Vollkommenheiten
zu sehen und sich nicht darein zu verlieben? Doch
nein, dies war es nicht, was mich besiegte, Fanny.
Sein Rang und Titel war es vielmehr, der dies
that. Noch nie in meinem Leben hatte ich mit einem
Lord gesprochen. Ach, was für eine Närrin bin ich
gewesen!"

Und nun brach sie in Thränen aus.

Fanny ward, die Wahrheit zu gestehen, aus der
armen Lucy nicht recht klug. Es war augenscheinlich,
daß ihr Herzensjammer kein erheuchelter war. Aber
dennoch sprach sie von sich selbst und ihren Schmerzen
in so ironischem, so nahe an Scherz streifendem Tone,
daß es schwer war, zu sagen, wie weit sie es ernst
meine. Jetzt aber, wo sie geradezu in Thränen aus=
brach und vor Aufregung fast athemlos war, konnte
Fanny nicht länger schweigen.

„Ich bitte Dich, theuerste Lucy, sprich nicht so,"
sagte sie. „Es wird sich Alles ausgleichen und wie=
der in's rechte Gleis kommen, wie stets der Fall ist,
wenn Niemand unrecht gehandelt hat."

„Ja, wenn Niemand unrecht gehandelt hat," ent=
gegnete Lucy. „Ich will Dir aber Etwas sagen,
Fanny. Ich will mich nicht werfen lassen. Ich will
mich entweder selbst umbringen, oder mich durch=
kämpfen. Ich schäme mich so herzlich vor mir

selbst, daß ich es mir schuldig bin, den Kampf aus=
zufechten."

„Welchen Kampf denn, Theuerste?"

„Diesen. Jetzt, hier, in dem gegenwärtigen
Augenblick könnte ich Lord Lufton nicht begegnen. Ich
müßte davonrennen wie ein gescheuchtes Huhn, wenn
er sich nur von ferne zeigte, und ich würde nicht wa=
gen, nur aus dem Hause zu gehen, wenn ich wüßte,
daß er im Kirchspiel anwesend sei."

„Das sehe ich nicht ein, denn ich bin überzeugt,
daß Du Dir Nichts vergeben hast."

„Nein, das nicht; was mich selbst betrifft, so
glaube ich, habe ich das Lügen und Heucheln sehr
schön besorgt. Aber, theuerste Fanny, Du kennst noch
nicht die Hälfte und Du kannst und darfst auch nicht
mehr erfahren."

„Aber ich dächte, Du hättest gesagt, es habe
durchaus kein Verhältniß zwischen Euch bestanden?"

„Ich habe Dir nie ein Wort gesagt, was nicht
vollkommen wahr gewesen wäre. Ich sagte, er habe
Nichts gesprochen, wodurch er sich eines Unrechtes
schuldig gemacht hätte. Ganz gewiß war es auch
nichts Unrechtes, wenn er —. Doch lassen wir Das.
Ich will Dir sagen, was ich zu thun gedenke. Ich
habe es mir die ganze vergangene Woche überlegt —
aber Mark darf es nicht erfahren."

„Wenn ich an Deiner Stelle wäre, so würde ich ihm Alles sagen."

„Wie, Mark sollte ich es sagen! Wenn Du es vielleicht thust, Fanny, so spreche ich in meinem Leben kein Wort wieder mit Dir!"

Fanny mußte erklären, daß sie durchaus nicht die Absicht habe, Mark Etwas zu sagen, und ließ sich überdies noch bereden, feierlich zu versprechen, ihm Nichts eher mitzutheilen, als bis sie speciell dazu autorisirt würde.

„Ich werde mich in die Einsamkeit zurückziehen," fuhr Lucy fort, „dies wird das Beste für mich sein; und dann werde ich mich kasteien, bis ich mich selbst wiedergefunden habe."

Fanny konnte trotz ihres tiefen Mitgefühls nicht umhin, zu lächeln, und es lag auch dann und wann selbst in Lucy's Miene Etwas, was fast komisch zu nennen war.

„Immer lache mich aus," sagte sie. „Nichts ist mir wohlthätiger, als dies — ausgenommen vielleicht Hunger und die Peitsche. Sage mir doch, daß ich eine einfältige Närrin bin, mich für einen Mann zu interessiren, weil er hübsch aussieht und ein Lord ist."

„Aber dies ist nicht der alleinige Grund Deiner Zuneigung. Lord Luften besitzt noch weit mehr anziehende Eigenschaften, und da ich ein Mal sprechen muß, liebe Lucy, so kann ich nicht umhin, zu sagen, daß ich mich durchaus nicht wundern würde, Dich in ihn verliebt zu sehen, wenn —"

„Wenn, sagst Du? Heraus damit! Gehe nicht erst lange um die Sache herum und glaube nicht, daß ich Dir zürne, weil Du mich ausschiltst."

„Ich meine, Du solltest Dich nicht eher für diesen oder irgend einen andern Mann interessiren, so lange Dir derselbe nicht gezeigt hat, daß er sich für Dich interessirt."

„Ach, Lady Lufton ist an Allem schuld! Sie horchte mich aus und warnte mich, und dann, dann — warum soll Lady Lufton stets ihren Willen haben? Warum soll ich für sie geopfert werden? Ich habe nicht verlangt, sie oder sonst Einen ihrer Angehörigen kennen zu lernen."

„Ich kann mir nicht denken, daß Du Ursache hast, Lady Lufton oder vielleicht überhaupt Jemanden zu tadeln."

„Nun gut, ja, ich bin an Allem selbst schuld, obschon ich Dir zuschwören kann, Fanny, daß ich, mag ich zurückblicken, so weit ich will, nicht sehen kann, wo und wann ich den ersten Fehltritt gethan habe. Ein Unrecht habe ich gethan und gleichwohl ist es das Einzige, was ich nicht bereue."

„Und was war dies, Lucy?"

„Ich belog ihn."

Fanny tappte gänzlich im Finstern, und da sie dies fühlte, so wußte sie auch, daß sie nicht als Freundin oder Schwester einen guten Rath geben könnte. Lucy hatte, wie Fanny sich zu erinnern glaubte, mit der Erklärung begonnen, daß zwischen ihr und Lord Lufton nur Worte von höchst trivialer Bedeutung gewechselt worden, und dennoch klagte sie jetzt sich der Lüge an und erklärte dabei, diese Lüge sei das Einzige, was sie nicht bereue.

„Ich will es nicht hoffen," sagte Fanny. „Wenn Du es wirklich gethan hast, so bist Du Dir gänzlich untreu geworden."

„Aber ich habe es gethan, und wäre er wieder hier und spräche auf dieselbe Weise zu mir, so würde ich diese Lüge nochmals wiederholen. Ich weiß, daß ich dies thun würde. Wenn ich es nicht thäte, so hätte ich die ganze Welt gegen mich. Du würdest mir zürnen und kalt gegen mich sein. Meine liebe Fanny, wie würdest Du mich ansehen, wenn ich mich Dir wirklich mißfällig machte!"

„Ich glaube nicht, daß Du dies thun wirst, Lucy."

„Aber wenn ich ihm die Wahrheit sagte, so würde dies geschehen. Sprich, Fanny — doch nein. Du brauchst nicht zu sprechen. Es war nicht die

Furcht vor Dir, ja nicht ein Mal die Furcht vor ihr, obschon der Himmel weiß, daß ihr furchtbares Schmollen ganz unerträglich sein würde."

„Ich verstehe Dich nicht, Lucy. Welche Wahrheit oder Unwahrheit kannst Du ihm gesagt haben, wenn, wie Du sagst, blos ganz gewöhnliche Dinge zwischen Euch besprochen worden sind?"

Lucy erhob sich nun von dem Sopha und ging zwei Mal das Zimmer seiner ganzen Länge nach auf und ab, ehe sie sprach.

Fanny besaß die ganze gewöhnliche Neugier eines Weibes, überdies aber auch die ganze Liebe einer Schwester. Sie war nicht blos neugierig, sondern auch besorgt, und blieb sitzen, wo sie saß, während sie ihre Blicke schweigend auf Lucy heftete.

„Habe ich das gesagt?" entgegnete diese endlich. „Nein, Fanny; Du hast mich falsch verstanden — das habe ich nicht gesagt. Ich wollte Dir erzählen, was er gesagt hat, nachdem ich eine solche Närrin geworden war, denn von dieser Zeit an hat er mehr gesagt."

„Aber was denn, Lucy?"

„Ach, ich möchte Dir's so gern anvertrauen, wenn ich nur wüßte, daß Du verschwiegen sein könntest. Wenn Du dies sein zu können glaubst, so versichere es mir; wenn Du aber an Dir selbst zweifelst, wenn Du glaubst, es wenigstens Mark mittheilen zu müssen, dann laß uns schweigen."

Für Fanny lag hierin etwas fast Unheimliches. Bis jetzt, seit ihrer Verheirathung, hatte sie kaum einen Gedanken gehabt, den sie nicht mit ihrem Gatten getheilt hätte. Alles dies kam jetzt so plötzlich über sie, daß sie nicht im Stande war, zu überlegen, ob es gut wäre, wenn sie die Bewahrerin eines solchen Geheimnisses würde, welches sie nicht ein Mal ihrem Gatten, Lucy's Bruder, mittheilen durfte.

Wann aber ward wohl jemals ein Geheimniß angeboten und abgelehnt? Wer lehnte jemals wenigstens ein Liebesgeheimniß ab? Welche Schwester könnte das thun?

Fanny gab daher das verlangte Versprechen, indem sie dabei Lucy's Haar glatt strich, sie auf die Stirn küßte und ihr in die Augen schaute, welche gleich dem Regenbogen durch die Thränen nur um so höhern Glanz erhielten.

„Was sagte er denn zu Dir, Lucy?" fragte Fanny.

„Weiter Nichts, als daß er mich aufforderte, sein Weib zu werden."

„Lord Lufton hat Dir also einen förmlichen Heirathsantrag gemacht?"

„Ja. Zuweilen kommt es mir vor, als wäre es

ein Traum gewesen, Fanny, aber es war kein Traum. Hier stand er, hier auf diesem selben Platz, auf dieser Blume des Teppichs, und bat mich wohl zehn Mal, sein Weib zu werden."

„Und was gabst Du ihm zur Antwort?"

„Ich belog ihn und sagte, ich liebte ihn nicht."

„Du wiesest ihn ab?"

„Ja, ich gab einem Lord einen Korb! Liegt in einem solchen Gedanken nicht Genugthuung und Stolz? War es unrecht von mir, Fanny, diese Lüge auszusprechen?"

„Und warum wiesest Du ihn ab?"

„Warum? Und das fragst Du? Denke nur, wie schön es gewesen wäre, wenn ich nach Framley Court gekommen wäre und der Lady im Laufe der Conversation gesagt hätte, ich sei mit ihrem Sohne verlobt! Denke Dir Lady Lufton in einer solchen Situation! Aber dennoch war es nicht das, Fanny. Hätte ich geglaubt, es wäre gut für ihn und er würde es nicht bereuen, so hätte ich Allem getrotzt — um seinetwillen — selbst Deinem Zorne, denn Du würdest mir gezürnt haben. Du hättest es für eine Frevelthat von mir gehalten, wenn ich Lord Lufton geheirathet hätte."

Fanny wußte kaum, was sie sagen oder was sie denken sollte. Es war eine Sache, welche reifliche

Ueberlegung erforderte, ehe sich ein Rath in Bezug darauf ertheilen ließ, und Lucy erwartete gleichwohl diesen Rath von ihr in diesem Augenblick.

Wenn Lord Lufton wirklich Lucy Robarts liebte und von dieser wieder geliebt ward, warum sollten diese Beiden nicht Mann und Weib werden? Und dennoch fühlte sie, daß es, wenn auch vielleicht nicht eine Frevelthat, wie Lucy gesagt, doch etwas fast eben so Störendes sein würde. Was mußte Lady Lufton sagen, denken oder fühlen?

Was mußte sie besonders in Bezug auf das Pfarrhaus sagen, denken oder fühlen, von welchem aus ein so tödtlicher Streich sie traf? Mußte sie nicht den Vicar und dessen Weib der schwärzesten Undankbarkeit anklagen? War wohl das Leben in Framley unter solchen Umständen zu ertragen?

„Was Du mir sagst, überrascht mich so sehr, daß ich kaum weiß, was ich dazu sagen soll," entgegnete Fanny.

„Nicht wahr, es ist entsetzlich? Lord Lufton muß in jenem Augenblicke den Verstand verloren gehabt haben — eine andere Entschuldigung läßt sich für ihn nicht denken. Ich möchte wissen, ob so Etwas in der Familie liegt."

„Wie? Du glaubst, der Wahnsinn sei in dieser Familie erblich?" fragte Fanny in vollem Ernst.

„Nun, glaubst Du nicht selbst, daß er von Sin=
nen gewesen sei, als ihm eine solche Idee in den Kopf
kam? Aber Du glaubst es nicht, ich sehe es wohl,
und doch ist es so wahr, wie daß die Sonne am Him=
mel steht.“

„Und Du wolltest seine Liebe nicht annehmen?“

„Nein, ich wollte Nichts davon wissen. Sieh',
ich stand hier und legte die Hand auf's Herz — denn
er forderte mich auf, dies zu thun — und ich sagte,
daß ich ihn nicht lieben könnte.“

„Und was geschah dann weiter?“

„Er ging fort — mit einem Blick, als bräche
ihm das Herz. Er schlich langsam davon und sagte,
er sei der elendeste Mensch, den die Erde trüge. Eine
Minute lang glaubte ich ihm und hätte ihn beinahe
zurückgerufen. Aber nein, Fanny, glaube nicht, daß
ich auf meinen Sieg allzu stolz sei, oder mir Etwas
darauf einbilde. Lord Lufton hatte noch nicht das
Thor erreicht, so dankte er schon Gott dafür, daß er
so glücklich der Gefahr entronnen war.“

„Das glaube ich nicht.“

„Aber ich glaube es, und ich dachte auch an Lady
Lufton. Wie hätte ich es ertragen können, von ihr
verachtet und beschuldigt zu werden, ihr das Herz ihres
Sohnes gestohlen zu haben? Ich weiß, daß es so
besser ist, aber sage mir, ist eine Lüge stets unrecht,

oder ist es möglich, daß der Zweck das Mittel heilige?
Hätte ich ihm die Wahrheit sagen und ihn wissen las=
sen sollen, daß ich fast den Boden hätte küssen können,
auf welchem er stand?" *vj*!

Dies war eine Frage, deren Beantwortung
Fanny nicht übernehmen zu können glaubte. Es war
dies eine Sache, welche Lucy mit ihrem eigenen Ge=
wissen abmachen mußte.

„Und was soll ich nun thun?" fragte Lucy, im=
mer noch in halb tragischem, halb komischem Tone
sprechend.

„Was Du thun sollst?" wiederholte Fanny.

„Ja, irgend Etwas muß geschehen. Wenn ich
ein Mann wäre, so ginge ich natürlich nach der
Schweiz, oder, da der Fall ein sehr schlimmer ist, viel=
leicht bis nach Ungarn. Was soll aber ein Mädchen
thun? Sich zu Tode zu grämen, ist, glaube ich, nicht
mehr modern."

„Lucy, ich glaube nicht, daß Dir auch nur das
Mindeste an Lord Lufton gelegen ist. Wenn Du ihn
wirklich liebtest, so würdest Du nicht so reden."

„So ist's recht. Das ist meine einzige Hoffnung.
Wenn ich über mich selbst lachen könnte, bis Dir die
Sache unglaublich würde, dann könnte ich auch all=
mählich aufhören, zu glauben, daß ich mich für ihn
interessirt. Aber, Fanny, es ist sehr hart. Müßte

ich Hunger leiden und vor Tagesanbruch aufstehen,
und irgend eine garstige Arbeit verrichten, wie zum
Beispiel Töpfe und Tiegel scheuern und Leuchter
putzen, so glaube ich, daß dies noch das Wohlthätigste
für mich wäre. Ich habe noch ein Stück Sacklein=
wand und gedenke dieses zu tragen, sobald ich es zu=
sammengenäht habe."

„Jetzt redest Du im Scherz, Lucy."

„Nein, es ist mein völliger Ernst. Wie soll ich
in Uebereinstimmung mit meinem Herzen handeln,
wenn ich es nicht durch das Fleisch und Blut thue?"

„Betest Du nicht zu Gott, daß er Dir Kraft
gebe, diese Anfechtungen zu tragen?"

„Aber wie soll ich mein Gebet oder meine Wünsche
in Worte kleiden? Ich weiß nicht, worin das Unrecht
besteht, das ich gethan habe. Ich sage es dreist her=
aus — in dieser Sache kann ich nicht einsehen, inwie=
fern ich gefehlt habe. Ich habe einfach gefunden, daß
ich eine Närrin gewesen bin."

Es war jetzt ganz finster im Zimmer, oder würde
wenigstens für Jeden, der es in diesem Augenblicke
betreten, so gewesen sein. Die Augen der beiden
Damen hatten sich allmählich an das Dunkel gewöhnt,
und sie würden noch immer kein Licht geholt haben,
wenn sie nicht plötzlich durch den Schall von Huf=
schlägen aufgeschreckt worden wären.

„Da kommt Mark," sagte Fanny, indem sie auf=
sprang und die Klingel zog, um Lichter bringen zu
lassen.

„Ich glaubte, er bliebe diese Nacht in Barchester,"
bemerkte Lucy.

„Ich glaubte es auch, er sagte aber, es sei zweifel=
haft. Was sollen wir thun, wenn er vielleicht noch
nicht dinirt hat?" fragte Fanny.

Es ist dies, glaube ich, stets der erste Gedanke
eines guten Weibes, wenn der Mann nach Hause
kommt: Hat er gespeis't? Was kann ich ihm vor=
setzen? Wird es ihm auch schmecken? O, mein Him=
mel, ich habe Nichts im Hause, als kalten Braten!

Bei der gegenwärtigen Gelegenheit aber hatte
der Hausherr wirklich dinirt und strahlte von guter
Laune, die vielleicht zum Theil in dem Claret des
Decans ihren Grund hatte.

„Ich habe," antwortete er auf eine Frage Fanny's,
„den Leuten dort gesagt, daß sie das Haus noch zwei
Monate behalten können, und sie sind mit diesem
Arrangement einverstanden."

„Das ist sehr angenehm," sagte Fanny.

„Und ich glaube nicht, daß die Reparaturen uns
gar so viel Unkosten machen werden," setzte Mark
hinzu.

„Das freut mich," sagte Fanny. Nichtsdesto=

weniger aber dachte sie weit mehr an Lucy, als an die Dienstwohnung in Barchester.

„Du wirst mich also nicht verrathen," sagte Lucy, indem sie ihrer Schwägerin einen Gutenachtskuß gab.

„Nein; ausgenommen, wenn Du mir Erlaubniß dazu giebst."

„Und dies wird niemals geschehen."

Drittes Kapitel.

———

Eine Unterhandlung.

Der Herzog von Omnium hatte Mr. Fothergill seinen Wunsch zu erkennen gegeben, daß wegen der Hypothekenschulden auf Chaldicotes ein Arrangement getroffen werde, und Mr. Fothergill hatte Das, was der Herzog meinte, so deutlich verstanden, als ob seine Instructionen mit dem ganzen Wortreichthum eines Juristen schriftlich abgefaßt vor ihm gelegen hätten.

Die Meinung des Herzogs war, daß Chaldicotes zusammengerafft, in die Scheuern gesammelt und zu einem Theil der Herrschaft Gatherum gemacht werde. Der Herzog glaubte bemerkt zu haben, daß die Sache zwischen seinem Freund und Miß Dunstable bedenklich zu werden anfinge, und daß es deßhalb gut wäre,

wenn Chaldicotes so bald als möglich in Sicherheit
gebracht würde.

Ueberdies hatte sich auch aus dem westlichen Theile
der Grafschaft das Gerücht verbreitet, daß der junge
Frank Gresham von Boxall Hill mit der Regierung
wegen Ankauf jenes Kroneigenthums, welches das „Re-
vier von Chaldicotes" hieß, in Unterhandlung stände.
Es war dem Herzog angeboten worden, aber dieser
hatte keine bestimmte Antwort gegeben. Hätte er sein
Geld von Mr. Sowerby zurück gehabt, so hätte er Mr.
Gresham zuvorkommen können, so aber schien ihm
dies nicht wahrscheinlich, und er war entschlossen, entweder das eine oder das andere Besitzthum mit dem
seinigen zu verschmelzen.

Aus diesem Grunde ging Mr. Fothergill nach
London, und aus diesem Grunde sah Mr. Sowerby
gegen seinen Willen sich zu einer geschäftlichen Bespre-
chung mit Mr. Fothergill genöthigt.

Sowerby hatte, seit wir ihn das letzte Mal gesehen, von seiner Schwester die Antwort erfahren,
welche Miß Dunstable auf seinen Antrag gegeben,
und er wußte, daß er nach dieser Richtung hin Nichts
mehr zu hoffen hatte.

Hoffnung auf absolute Erlösung gab es sonach
nicht mehr, wohl aber waren ihm pecuniäre Anerbie-
tungen gemacht worden. Wir müssen Sowerby die

Gerechtigkeit widerfahren laſſen, zu erwähnen, daß er ſofort erklärt hatte, er werde ſich niemals dazu ver= ſtehen, irgend welchen Beiſtand dieſer Art von Miß Dunſtable anzunehmen. Seine Schweſter hatte ihm jedoch auseinandergeſetzt, daß es ſich ja um eine bloße Geſchäftsſache handele, daß Miß Dunſtable ihre Zin= ſen bekommen, und daß, wenn ſie ſich mit vier Procent begnügte, während der Herzog fünf, und andere Gläu= biger ſechs, ſieben, acht, neun, zehn, und der Himmel weiß, wie viel noch mehr erhielten, dies für alle Be= theiligten ſehr gut ſein würde.

Er verſtand eben ſo gut als Fothergill, was die Botſchaft des Herzogs zu bedeuten hatte. Chaldicotes ſollte einem andern Beſitzthum incorporirt werden, wie ſchon mit ſo vielen andern ſchönen Grundſtücken in dieſen Regionen geſchehen war. Es ſollte ganz und ungetheilt verſchlungen werden, und der zeitherige Be= ſitzer ſollte die Hallen ſeiner Väter verlaſſen und die alten Wälder, die Parks und Wieſen, die er von ſei= ner früheſten Kindheit an gekannt und von ſeinen früheſten Mannesjahren an beſeſſen, in den Händen eines Andern ſehen.

Trotz ſeines Leichtſinns und jener verzweifelten Heiterkeit, die er ſo gut anzunehmen wußte, fühlte Mr. Sowerby dies doch ſo ſchmerzlich, als irgend ein Menſch es fühlen konnte. Er war ausſchließlich ſelbſt

schuld daran. Er hatte das Besitzthum schuldenfrei
übertommen, und nun sollte er es auf ein Mal in
tiefen gierigen Rachen fahren sehen. Der Herzog
hatte so ziemlich alle Schulden aufgekauft, welche auf
Sowerby's Grundeigenthum hafteten, und nun wollte
er die Sache mit einem Streiche erledigen.

Sowerby wußte, als er jene Botschaft von Mr.
Fothergill erhielt, recht wohl, was man beabsichtigte,
und er wußte auch, daß er, wenn er ein Mal auf=
hörte, Mr. Sowerby von Chaldicotes zu sein, niemals
wieder hoffen konnte, als Vertreter von Barsetshire
in's Parlament gewählt zu werden. Diese Welt war
ihm dann auf immer verschlossen.

An dem fraglichen Morgen begab er sich mit
immer noch heiterem Gesicht zu der bestimmten Unter=
redung.

Mr. Fothergill hatte, wenn er in solchen Ge=
schäften in London war, stets in dem Hause der Herren
Gumption und Gagebee, der juristischen Agenten des
Herzogs, ein Zimmer zu seiner Verfügung, und hier=
her war Mr. Sowerby berufen.

Das Geschäftslocal der Herren Gumption und
Gagebee befand sich in South Audley Street, und
man kann sagen, daß es auf der ganzen Erde keine
Stelle gab, welche Mr. Sowerby so gründlich haßte,
wie das dunkle, dumpfige Hinterzimmer in der obern

Etage dieses Hauses. Er war schon oft darin gewe=
sen, aber nie ohne darin gemartert worden zu sein.
Es war eine entsetzliche Folterkammer, die eigens zu
solchem fürchterlichen Zwecke bestimmt, tapezirt und
möblirt worden, um armen Landedelleuten, welche sich
hineinlocken ließen, langsam den Garaus zu machen.

Alles war von brauner Carmoisinfarbe — von
einem Carmoisin, welcher braun geworden. Das
Sonnenlicht, das wirkliche freundliche Licht der Sonne,
fand niemals seinen Weg hier herein, und aller Ker=
zenglanz war nicht im Stande, den düstern Eindruck,
den diese Räume machten, zu heben. Die Fenster
wurden nie gewaschen, die Decke war dunkelbraun, der
alte türkische Teppich mit einer dicken Staublage be=
deckt und ebenfalls braun.

Der in der Mitte des Zimmers stehende plumpe
Tisch war mit ursprünglich schwarzem Leder überzogen
gewesen, aber dieses war jetzt braun.

In einer Vertiefung auf der einen Seite des
Kamins stand ein Bretgestell mit modrigen juristischen
Büchern in braunen Einbänden, aber seit Jahren
hatte Niemand sie berührt, und über dem Kamin hing
eine alte, von Ruß geschwärzte juristische Stammbaum=
tabelle.

Dies war das Zimmer, dessen Mr. Fothergill
in dem Geschäftslocale der Herren Gumption und

Gagebee in South Audley Street in der Nähe von Park Lane sich stets bediente.

Ich hörte ein Mal dieses Zimmer von einem alten Freund, einem gewissen Mr. Gresham von Greshamsburg, dem Vater des jungen Frank Gresham, schildern, welcher jetzt im Begriff stand, den der Krone zugehörigen Theil des Forstes von Chaldicotes zu kaufen. Er hatte auch schlimme Tage gesehen, obschon sie nun glücklicher Weise vorüber waren, und er hatte ebenfalls in diesem Zimmer gesessen und die Stimme von Männern gehört, welche Macht über sein Eigenthum besaßen und gesonnen waren, diese Macht in Ausübung zu bringen.

Die Idee, welche seine Schilderung in meinem Gemüth zurückließ, war so ziemlich dieselbe, welche ich mir als Knabe von einem gewissen Zimmer in dem schauerlichen Schlosse Udolpho's gemacht. In diesem Udolpho-Zimmer war ein Stuhl, in welchem Die, welche darin saßen, Glied für Glied auseinander gerissen wurden, der Kopf nach der einen, und die Beine nach der andern Richtung, die Finger von den Händen, die Zähne aus den Kinnladen, das Haar vom Kopfe, das Fleisch von den Knochen und die Gelenke aus den Höhlen, bis zuletzt nur noch ein lebloser Rumpf in dem Stuhle saß.

Mr. Gresham saß, wie er mir erzählte, alle

Mal in demselben Stuhle, und die Martern, welche er darin zu erdulden hatte, die Verrenkungen seines Besitzthums und die Operationen an seiner eigenen Person, die er hier mit ansehen mußte, bewogen mich, dieses Zimmer für noch furchtbarer als das Udolpho= Zimmer anzusehen.

Glücklicher Weise war ihm das seltene Glück be= schieden gewesen, alle seine Knochen und Gelenke wie= der zusammengefügt und in gesundem Zustande zu sehen, aber er konnte von diesem Zimmer nie sprechen, ohne unwillkürlich zu schaudern.

„Nichts auf der Welt," sagte er ein Mal sehr feierlich zu mir, „Nichts auf der Welt könnte mich be= wegen, dieses Zimmer wieder zu betreten."

Und von diesem Gefühl war er in so hohem Grade durchdrungen, daß er von dem Tage an, wo seine Angelegenheiten sich plötzlich günstig gestalteten, nicht ein Mal mehr die Straße passirte, in welcher das betreffende Haus stand.

Diese Folterkammer betrat Mr. Sowerby an dem hierzu festgesetzten Morgen, und kaum waren zwei oder drei Minuten vergangen, so fand sich Mr. Fothergill bei ihm ein.

Mr. Fothergill hatte in einer Beziehung mit sei= nem Freunde Sowerby eine auffallende Aehnlichkeit.

Er spielte bei Gelegenheiten, welche gänzlich verschieden
waren, auch zwei gänzlich verschiedene Rollen.

Gewöhnlich und der Welt im Allgemeinen gegen=
über war er ein munterer, scherzliebender, populärer
Mann, welcher gern aß und trank, die Interessen des
Herzogs vertrat und dabei, wie man glaubte, etwas
gewissenlos oder vielmehr rücksichtslos zu Werke ging,
in jeder andern Beziehung aber ein gutmüthiger Kauz
war. Ja, das Gerücht erzählte von ihm sogar, er
habe ein Mal Jemanden Geld geliehen, ohne ihm
Zinsen abzuverlangen, oder Sicherheit dafür anzu=
nehmen.

Bei der gegenwärtigen Gelegenheit sah Sowerby
gleich auf den ersten Blick, daß Mr. Fothergill mit
allem Zubehör seines Geschäfts gekommen war. Er
trat mit kurzem, raschem Tritt in das Zimmer, ohne
zu lächeln reichte er seinem alten Freunde die Hand,
brachte eine mit Papieren und Pergamenten gefüllte
Pappschachtel mit, und war kaum eine Minute im
Zimmer, als er auch schon auf einem der alten
modrigen Stühle saß.

„Wie lange sind Sie schon in London, Fother=
gill?" sagte Sowerby, immer noch mit dem Rücken
dem Kamin zugewendet stehend. Er hatte sich blos
Eins vorgenommen — nämlich sich durch Nichts be=
wegen zu lassen, eins dieser Papiere zu berühren oder

anzusehen. Er wußte recht wohl, daß nichts Gutes daraus hervorgehen könnte. Er hatte auch seinen Advocaten, welcher darauf sah, daß er in legaler Weise gerupft ward.

„Wie lange ich schon in London bin? Seit vorgestern. Nie in meinem Leben habe ich so viel zu thun gehabt. Der Herzog will gewöhnlich Alles augenblicklich besorgt haben." — „Wenn er vielleicht auch Alles, was ich ihm schuldig bin, augenblicklich bezahlt haben wünscht, so wird er sich wahrscheinlich verrechnen."

„Ach, es ist mir lieb, daß Sie sogleich zur Sache kommen, denn dies ist stets das Beste. Wollen Sie nicht Platz nehmen?"

„Nein, ich danke Ihnen; ich will stehen."

„Aber wir werden diese Rechnungen durchzugehen haben, wissen Sie."

„Ich gehe sie nicht mit durch, Fothergill. Was könnte es nützen? Mir Nichts, und Ihnen auch Nichts. Wenn eine Unrichtigkeit darin ist, so werden Potter's Leute sie schon ausfindig machen. Was will denn der Herzog?"

„Nun, die Wahrheit zu sagen, er will sein Geld."

„In einer Hinsicht, und zwar der hauptsächlichen, hat er es schon. Seine Zinsen bekommt er regelmäßig, nicht wahr?"

„O ja, so ziemlich. Aber, Sowerby, das ist dummes Zeug. Sie verstehen den Herzog eben so gut als ich, und Sie wissen recht wohl, was er will. Er hat Ihnen Zeit gelassen, und wenn Sie geeignete Schritte gethan hätten, das Geld zu schaffen, so hätten Sie Ihr Besitzthum retten können.“

„Hundertundachtzigtausend Pfund? Welche Schritte hätte ich thun können, um eine solche Summe aufzutreiben?“

„Wir hofften immer, Sie würden heirathen.“

„Davon ist jetzt keine Rede mehr.“

„Nun, dann können Sie es auch dem Herzog nicht verdenken, wenn er sein Geld haben will. Es paßt ihm nicht, eine so große Summe länger außenstehen zu lassen. Sie sehen, er wünscht Grund und Boden. Hätten Sie abbezahlt, was Sie ihm schuldig sind, so hätte er das Kroneigenthum gekauft, aber nun ist der junge Gresham als Bieter aufgetreten und wird den Forst bekommen. Dies hat ihn verschnupft, und ich kann Ihnen gerade heraus sagen, daß er entschlossen ist, entweder Geld oder Geldeswerth zu haben.“

„Damit wollen Sie sagen, ich solle aus meinem Besitz getrieben werden?“

„Nun ja, wenn Sie es so nennen wollen. Meine Instruction ist, Ihnen die sämmtlichen Kapitalien sofort zu kündigen.“

„Dann muß ich sagen, daß der Herzog sehr übel an mir handelt."

„Aber, Sowerby, das kann ich nicht einsehen."

„Ich aber sehe es ein. Er hat diese Hypotheken=schulden von Personen gekauft, welche mich, so lange sie ihre Zinsen bekommen hätten, niemals gestört haben würden."

„Aber haben Sie nicht den Sitz im Parlament bekommen?"

„Den Sitz im Parlament? Und erwartet man, daß ich dafür bezahle?"

„Ich sehe nicht, daß Jemand Sie aufforderte, da=für zu bezahlen. Sie sind wie sehr viele andere Leute, die ich kenne. Sie wollen Ihren Kuchen essen und denselben auch behalten. Sie haben ihn während der letzten zwanzig Jahre gegessen, und glauben nun, es geschehe Ihnen Unrecht, weil der Herzog nun das Seine verlangt."

„Ja, ich werde glauben, es geschehe mir Unrecht, wenn er mich aus meinem Besitzthum treibt. Ich will nicht von starken Ausdrücken Gebrauch machen, aber es wäre dies mehr als unrecht. Ich kann kaum glauben, daß er wirklich die Absicht hat, mir auf diese Weise zu begegnen."

„Nun, er wird doch sein eigenes Geld verlangen können."

„Nicht sein Geld ist es, was er haben will, sondern mein Besitzthum."

„Und hat er es nicht bezahlt? Haben Sie nicht den Preis für Ihr Besitzthum erhalten? Es kann Ihnen Nichts nützen, sich zu erzürnen, Sowerby. Sie haben seit den letzten drei Jahren eben so gut als ich gewußt, was Ihnen bevorsteht. Warum soll der Herzog Ihnen sein Geld ohne Absicht leihen? Natürlich hat er dabei seine eigenen Absichten. Ich sage aber: Er hat Sie nicht gedrängt, und wären Sie im Stande gewesen, Etwas zu thun, um Ihr Besitzthum zu retten, so hätten Sie es thun können. Sie haben Zeit genug gehabt, sich vorzusehen."

Sowerby stand noch auf derselben Stelle und schwieg jetzt eine Weile. Sein Gesicht war sehr finster, und es war darin keine jener einnehmenden Mienen zu bemerken, welche so viel Macht auf seine jungen Freunde ausübten — wodurch Lord Lufton und Mark Robarts sich hatten bestricken lassen. Die Welt erklärte ihm den Krieg, und es ging mit ihm zu Ende.

Er begann einzusehen, daß er in der That seinen Kuchen gegessen, und daß ihm nun sehr Wenig zu thun übrig blieb — höchstens sich eine Kugel durch den Kopf zu jagen.

Er hatte zu Lord Lufton gesagt, der Rücken des Menschen müsse für die Last, welche er sich aufbürde, breit genug sein. Konnte er sich jetzt auch rühmen, daß sein Rücken für diese Bürde breit und stark genug sei?

Dennoch aber war er selbst in diesem bittern Augenblick von dem Gedanken durchdrungen, daß es ihm gezieme, Mann zu sein. Sein Ruin stand bevor, und bald mußte er aus der Kenntniß und Erinnerung Derer, mit welchen er gelebt, hinweggetilgt werden. Nichtsdestoweniger aber wollte er Stand halten bis zum letzten Augenblick. Es war ganz richtig, daß er sich sein Bett selbst gemacht, und er verstand, daß es blos gerecht sei, wenn er nun gezwungen würde, sich darauf niederzulegen.

Während dieser ganzen Zeit beschäftigte Fothergill sich mit den Papieren. Er fuhr fort, einen Bogen nach dem andern umzuwenden, als ob er sich in Prüfungen und Berechnungen vertiefte. In der That aber las er kein Wort. Es gab hier für ihn Nichts zu lesen.

Das Lesen, Schreiben und Rechnen in solchen Dingen wird von Untergebenen besorgt, nicht von so vornehmen Leuten wie Mr. Fothergill. Seine Aufgabe war, Mr. Sowerby zu sagen, daß er gehen müsse. Alle diese Aufzeichnungen hier waren von geringem Nutzen. Der Herzog hatte die Macht. Sowerby wußte, daß der Herzog die Macht hatte, und

Fothergill's Aufgabe war, zu erklären, daß der Herzog seine Macht auszuüben gedachte. Er war an derglei= chen Dinge gewöhnt, und fuhr fort in den Papieren herumzublättern und zu thun, als läse er darin, ge= rade als ob dies von der größten Wichtigkeit wäre.

„Ich werde den Herzog selbst sprechen," sagte Mr. Sowerby endlich, und es lag in dem Klang sei= ner Stimme beinahe etwas Furchtbares.

„Sie wissen, daß der Herzog in einer Angelegen= heit dieser Art Niemanden spricht. Er spricht nie mit Jemanden über Geldgeschäfte — Sie wissen das eben so gut als ich."

„Aber er soll mit mir sprechen!"

„Dann habe ich Nichts weiter zu sagen, Sowerby. Ich natürlich werde den Herzog nicht auffordern, Sie zu sprechen, und wenn Sie sich den Zutritt zu ihm erzwingen, so wissen Sie, was geschehen wird. Ich bin nicht schuld, wenn er sich feindselig gegen Sie zeigt."

„Ich werde die Sache durch meinen Anwalt be= sorgen lassen," sagte Sowerby, ergriff seinen Hut und verließ, ohne weiter ein Wort hinzuzusetzen, das Zimmer.

Mr. Sowerby war jetzt fünfzig Jahre alt. Er war von dem Schicksal mit vielen Glücksgütern aus= gestattet worden, und als er jetzt wieder South Audley

Street hinaufging, konnte er nicht umhin, den Ge=
brauch zu bedenken, den er davon gemacht. Mit Be=
ginn seines Mannesalters hatte er ein schönes Besitz=
thum angetreten. Er besaß einen nicht gewöhnlichen
Verstand und eine eisenfeste Gesundheit — und gleich=
wohl, wozu hatte er es nun gebracht?

Er hatte, als er Mr. Fothergill verließ, die
Absicht, sich in die Parlamentssitzung zu begeben, die
Aussicht auf seinen so nahe bevorstehenden Ruin aber
beugte ihn zu tief nieder, und er wußte, daß er jetzt
nicht in der geeigneten Stimmung sei, um sich in das
Gewühl der Menschen zu mischen.

Er hatte auch die Absicht gehabt, zeitig am nächst=
folgenden Morgen nach Barchester zu reisen — blos
auf einige Stunden, um fernerweite Arrangements in
Bezug auf den Wechsel zu treffen, welchen Robarts
für ihn acceptirt hatte. Dieser Wechsel — der zweite
— war nun fällig, und Mr. Tozer war bei ihm
gewesen.

„Es kann Alles Nichts helfen, Mr. Sowerby,"
hatte Tozer gesagt. „Ich habe das Papier nicht selbst,
und habe es überhaupt nicht zwei Stunden in den
Händen gehabt. Tom Tozer hat es fortgetragen.
Sie wissen das ja eben so gut, als ich selbst, Mr.
Sowerby."

So oft Tozer — Mr. Sowerby's Tozer — von

Tom Tozer sprach, wußte Mr. Sowerby, daß sieben
Teufel im Begriff standen, citirt zu werden, von wel=
chen jeder schlimmer war, als der erste.

Mr. Sowerby fühlte wirklich einen gewissen Grad
aufrichtiger Theilnahme, oder vielmehr Liebe für den
armen Geistlichen, den er so in's Unheil gelockt, und
hätte ihn, wenn es möglich gewesen wäre, gern aus
den Klauen der Tozer gerettet. Jetzt aber, wo ihm
selbst in allem Ernste das Messer an die Kehle gesetzt
ward, wo er ohne Weiteres von Haus und Hof gejagt
werden sollte, was kümmerte er sich da noch um Ro=
barts, oder irgend ein anderes menschliches Wesen?

In dieser Gemüthsstimmung ging er die Straße
hinauf über Grosvoner Square, und bog fast mecha=
nisch nach Green Street ein, wo seine Schwester
wohnte.

Viertes Kapitel.

Doctor Thorne.

Als Miß Dunstable ihre Freunde, den jungen Frank Gresham und seine Gattin, in Gatherum Castle traf, fragte sie sofort nach einem gewissen Doctor Thorne, welcher Mr. Gresham's Onkel war.

Doctor Thorne war ein alter Junggesell, auf welchen, sowohl als Menschen, als auch als Arzt, Miß Dunstable geneigt war, großes Vertrauen zu setzen.

Nicht als ob sie ihm jemals die Heilung ihrer körperlichen Uebel anvertraut hätte, denn zu diesem Zwecke hielt sie sich selbst einen Arzt, Doctor Easyman — und übrigens litt sie auch höchst selten an körperlichen Uebeln, welche die Hülfe irgend eines Arztes nöthig gemacht hätten. Wohl aber nannte sie unter ihren Freunden Doctor Thorne stets als einen Mann

von wunderbarer Gelehrſamkeit und ſtaunenswürdigem
Scharfſinn, und hatte ſich in einigen Dingen von
großer Wichtigkeit ſeinen Rath erbeten und denſelben
auch befolgt.

Doctor Thorne war nicht an die Welt von Lon=
don gewöhnt. Er hatte kein Haus in der Hauptſtadt
und beſuchte dieſelbe nur ſelten. Miß Dunſtable hatte
ihn in Greshamsbury, wo er wohnte, kennen gelernt
und ſich dort mit ihm innig befreundet.

Er verweilte jetzt im Hauſe ſeiner Nichte, Miſtreß
Gresham; der Hauptgrund ſeines Beſuchs in London
war aber ein von Miß Dunſtable in dieſer Beziehung
ausgeſprochener Wunſch. Sie hatte wieder ein Mal
ſeinen Rath zu hören gewünſcht, ſeine Nichte hatte
ihm dies geſchrieben, und demzufolge war er gekom=
men und hatte den gewünſchten Rath ertheilt.

Derſelbe betraf gewiſſe wichtige Geldangelegen=
heiten, in welchen man Doctor Thorne eigentlich keine
große Erfahrung hätte zutrauen ſollen. Er hatte in
Bezug auf ſich ſelbſt niemals viel mit dergleichen Din=
gen zu thun gehabt, und verſtand weder die Fineſſen
der Actienbörſe, noch den Werth von Grund und Bo=
den. Miß Dunſtable war aber ein Mal gewöhnt,
ihren eigenen Weg zu gehen, ohne weitere Gründe
dafür anzugeben.

„Liebe Freundin,“ hatte ſie zu der jungen Miſtreß

Gresham gesagt, „wenn Ihr Onkel nicht jetzt, wo ich so großen Werth darauf lege, nach London kommt, so erkläre ich ihn für einen Bären und Barbaren, und spreche weder mit ihm selbst, noch mit Frank, noch mit Ihnen jemals wieder ein Wort. Nun wissen Sie, was Sie zu thun haben."

Mistreß Gresham hatte wahrscheinlich die Dro=hungen ihrer Freundin nicht ernstlich genommen, denn Miß Dunstable gebrauchte gern etwas starke Ausdrücke, nichtsdestoweniger aber hatte Mistreß Gresham ihren ganzen Einfluß aufgeboten, um den armen Doctor wirklich nach London zu citiren.

„Ueberdies," sagte Miß Dunstable, „will ich, daß der Doctor meiner Conversazione beiwohne, und wenn er nicht von selbst kommt, so hole ich ihn. Ich habe mir ein Mal vorgenommen, Mistreß Proudie's besten Trumpf zu überstechen, und meine Freunde müssen deßhalb Alle her."

Die Folge von all' Diesem war, daß der Doctor wirklich nach London kam und beinahe eine Woche in dem Hause seiner Nichte in Portman Square blieb — zum großen Aerger seiner Patientin Lady Arabella in Greshamsbury, Frank's Mutter, welche glaubte, sie müsse sterben, wenn sie auch nur drei Tage vernach=lässigt würde.

Was die Geschäftsangelegenheit betraf, so zweifle

ich nicht, daß der Doctor von großem Nutzen war.
Er besaß gesunden Menschenverstand und ehrlichen
Sinn, und ich bin geneigt zu glauben, daß diese oft
gegen einen beträchtlichen Grad von weltlicher Erfah=
rung ein genügendes Gegengewicht sind.

Mit der speciellen Geschäftsangelegenheit, um
welche es sich hier handelte, haben wir Nichts weiter zu
thun. Wir wollen daher annehmen, dieselbe sei be=
sprochen und abgemacht, und Toilette für Miß Dun=
stable's Couversazione machen.

Man darf aber nicht glauben, Miß Dunstable
sei so arm an Geist gewesen, daß sie ihre Gesell=
schaft öffentlich bei einem für den Augenblick von
Mistreß Proudie entlehnten Namen genannt habe.
Nur unter ihren speziellen vertrauten Freunden, Mistreß
Harold Smith und einigen Dutzend Andern, erlaubte
sie sich diesen kleinen Scherz. Ihre Abendgesellschaft
sollte vielmehr eine ungemein großartige werden.

Doctor Thorne fand es anfangs sehr unbillig,
daß Miß Dunstable von ihm verlangte, bis zu ihrer
Abendgesellschaft da zu bleiben, und weigerte sich eine
Weile hartnäckig, dies' zu thun. Als er aber hörte,
daß drei oder vier Premierminister erwartet würden,
daß sogar Tom Towers, der berühmte Redacteur des
„Jupiter," im Fleisch anwesend sein werde, gab er
nach und schrieb an Lady Arabella, daß er noch zwei

Tage länger ausbleiben werde, und daß sie mit der zeitherigen Arzenei fortfahren könne.

Aber warum lag Miß Dunstable so viel daran, daß der Doctor bei dieser feierlichen Gelegenheit zugegen sei? Warum war sie so oft geneigt, ihn von seiner Landpraxis und seinem Medicamententische hinweg zu rufen? Der Doctor war kein Blutsverwandter von ihr, und ihre Freundschaft, so vertraut dieselbe auch war, datirte erst von kurzer Zeit. Sie war eine sehr reiche Dame und im Stande, sich alle Arten guten Rath zu kaufen, wogegen er so weit entfernt war, reich zu sein, daß jede anhaltende Störung in seiner Praxis von nachtheiligen Folgen für ihn sein konnte.

Nichtsdestoweniger schien sich Miß Dunstable so wenig Gewissen daraus zu machen, seine Zeit in Anspruch zu nehmen, als wenn er ihr Bruder gewesen wäre.

Der Doctor selbst dachte sich hierbei weiter nichts Besonderes. Er war ein einfacher Mann, welcher die Dinge nahm, wie sie kamen, ganz besonders wenn es angenehme Dinge waren. Er hatte Miß Dunstable gern, ihre Freundschaft war ihm angenehm, und es fiel ihm nicht ein, sich zu fragen, ob sie das Recht habe, ihm Mühe und Unbequemlichkeit zu verursachen.

Mistreß Gresham, die Nichte des Doctors, aber

dachte hierüber nach. Hatte Miß Dunstable, fragte
sie sich, einen Zweck? Und wenn dies der Fall war,
worin bestand dieser Zweck? Oder war der Grund
einfach Laune — oder möglicher Weise Liebe?

In Bezug auf das Lebensalter des Doctors und
seiner Freundin wollen wir hier beiläufig erwähnen,
daß er weit über fünfzig, und sie weit über vierzig
Jahre zählte.

Konnte unter solchen Umständen Liebe der Grund
sein?

Miß Dunstable war übrigens eine Dame, welcher Heirathsanträge zu Dutzenden gemacht worden —
von vornehmen und hochgestellten Männern, von Männern mit persönlichen Reizen, angenehmen Manieren,
gebildetem Geschmack und beredter Zunge. Sie hatte
aber nicht blos von diesen Allen Keinen geliebt, sondern sich auch von Keinem zu dem Gedanken verleiten
lassen, daß sie möglicher Weise Liebe zu ihm fassen
könne.

Daß Doctor Thorne's Geschmack ein gebildeter,
daß seine Manieren angenehm waren, dies ward vielleicht von drei oder vier alten Freunden in der Provinz, die ihn zu schätzen wußten, zugestanden. Die
Welt in London aber, die Welt, an welche Miß Dunstable gewöhnt war und welche ihr, wie es schien, mit
jedem Tage lieber ward, würde den Doctor nicht als

einen Mann betrachtet haben, welcher Gegenstand der
Leidenschaft einer Dame werden könnte.

Nichtsdestoweniger aber kam Mistreß Gresham
auf diesen Gedanken. Sie war von diesem Dorfarzt
erzogen, sie hatte mit ihm gelebt, als ob sie seine Toch=
ter gewesen wäre; sie war jahrelang der dienende
Engel seines Haushalts gewesen. In ihren Augen
war der Doctor ein fast vollkommenes Wesen, und
sie hielt es für durchaus nicht unwahrscheinlich, daß
Miß Dunstable sich in ihn verliebt habe.

Miß Dunstable sagte ein Mal, wie der Leser
sich erinnern wird, zu Mistreß Harold Smith, es sei
allerdings möglich, daß sie heirathe, aber dann würde
es nur unter der Bedingung geschehen, daß der von
ihr Erwählte gegen Geld ganz gleichgültig sei. Mi=
streß Harold Smith, welche, wie ihre Freunde glaub=
ten, die Welt so ziemlich kannte, hatte hierauf geant=
wortet, daß Miß Dunstable einen solchen Mann in
dieser Welt nicht finden würde.

Alles dies war in jenem halb scherzhaften, leicht=
fertigen Tone gesprochen worden, welchen Miß Dun=
stable in der Unterhaltung mit Freunden, wie Mistreß
Harold Smith, in der Regel anzunehmen pflegte, aber
sie hatte Dasselbe auch mehrmals zu Mistreß Gresham
gesagt, und diese hatte hieraus, nach Frauenart Alles
zusammenreimend, den Schluß gezogen, daß Miß

Dunstable den Doctor Thorne heirathen würde, wenn dieser sich um ihre Hand bewürbe.

Und nun begann Mistreß Gresham noch zwei andere Fragen in Erwägung zu ziehen. War es wohl gut gethan, wenn ihr Onkel Miß Dunstable heirathete? Und wenn dem so war, wäre es wohl möglich gewesen, ihn zu bewegen, einen solchen Antrag zu machen?

Nach langem Hin= und Herüberlegen und Ab= wägen der verschiedenen Gründe für und wider neigte Mistreß Gresham sich der Meinung zu, daß das Ar= rangement im Ganzen genommen vielleicht kein übles sei.

Für Miß Dunstable hegte sie eine aufrichtige Zuneigung, die von ihrem Gatten getheilt ward. Sie hatte sich oft über die Opfer gegrämt, welche Miß Dunstable der Welt brachte, und gemeint, daß ihre Freundin sich der Eitelkeit, der Gleichgültigkeit und einer tadelnswerthen Lebensweise in die Arme würfe, eine solche Heirath wie diese aber hätte wahr= scheinlich allen diesen Uebelständen abgeholfen.

Was Doctor Thorne's eigene Person betraf, so konnte Mistreß Gresham nicht umhin zu glauben, daß er verheirathet glücklicher leben würde, als ledig.

Was die Gemüthsart betraf, so konnte kein Weib höher stehen, als Miß Dunstable; Niemand hatte je von ihr gehört, daß sie auf übler Laune gewesen, und

obschon Mistreß Gresham frei von Eigennutz war, so
konnte sie doch nicht umhin, zu fühlen, daß der Reich=
thum dieser Dame ihrem Onkel ebenfalls Vortheil
bringen müsse.

Mary Thorne, die gegenwärtige Mistreß Gres=
ham, war selbst eine reiche Erbin gewesen. Die Um=
stände hatten ihr ungeheuern Reichthum in die Hand
gespielt, und sie hatte bis jetzt noch nicht die Wahrheit
einsehen gelernt, daß Glück und Reichthum mit ein=
ander unvereinbar sind. Demgemäß kam sie zu dem
Schlusse, daß es gut sein würde, wenn der Doctor
und Miß Dunstable ein Paar würden.

Aber konnte der Doctor wohl bewogen werden,
einen solchen Antrag zu machen?

Wenn Mistreß Gresham die Sache von dieser
Seite betrachtete, so gestand sie sich selbst, daß eine
furchtbare Schwierigkeit zu überwinden sei. Ihr Onkel
hatte Miß Dunstable gern, aber ganz gewiß war ihm
nie eingefallen, sie heirathen zu wollen, und im Gan=
zen genommen schien daher zu befürchten zu stehen, daß
diese Partie eine unausführbare sei.

An dem Tage, wo Miß Dunstable's Abendgesell=
schaft stattfinden sollte, speis'ten Mistreß Gresham und
ihr Onkel mit einander allein. Mr. Gresham war
noch nicht im Parlament, es stand jedoch eine fast
unmittelbare Vacanz in diesem Theile des Wahlbezirks

in Aussicht, und es war eine bekannte Sache, daß kein anderer Wahlcandidat Aussicht auf Erfolg hatte.

Aus diesem Grunde hatte er viel Verkehr mit den Politikern seiner Partei, nämlich jenen Riesen, zu denen er halten mußte, und er war deßhalb sehr oft von daheim abwesend.

„Die Politik nimmt die Zeit eines Mannes doch auf ganz fürchterliche Weise in Anspruch," sagte er zu seiner Gattin und ging dann, um mit verschiedenen andern Riesenanhängern in seinem Club zu diniren.

„Was denkst Du von Miß Dunstable?" sagte Mistreß Gresham zu ihrem Onkel, als sie mit einander beim Kaffee saßen. Sie setzte Nichts zu dieser Frage hinzu, sondern stellte dieselbe in ihrer ganzen Nacktheit.

„Was ich von Miß Dunstable denke?" wiederholte der Doctor. „Nun, was denkst Du denn von ihr, Mary?"

„Ich glaube, wir denken Eins wie das Andere."

„Aber das ist nicht die Frage. Was denkst Du von ihr? Glaubst Du, daß sie aufrichtig und ehrlich ist."

„Aufrichtig und ehrlich? — O, ganz gewiß ist sie das."

„Und von guter, heiterer Gemüthsart?"

„Ja wohl, auch dies."

„Und liebreich?"

„Auch liebreich — davon bin ich überzeugt."

„Geistreich scheint sie auch zu sein."

„Ja wohl, sehr geistreich und scharfsinnig."

„Und in ihren Gefühlen doch ächt weiblich."

„Sehr richtig," sagte der Doctor. „Aber, Mary, warum secirst Du Miß Dunstable's Charakter mit solcher Genauigkeit?"

„Das will ich Dir sagen. Ich thue es, weil" — und Mistreß Gresham stand, während sie sprach, von ihrem Stuhle auf, ging um den Tisch herum, legte ihren Arm um den Hals ihres Onkels und fuhr dann fort zu sprechen, während sie so hinter ihm stand, daß er sie nicht sehen konnte — „weil ich glaube, daß Miß Dunstable Dich sehr lieb hat, und daß es sie sehr glücklich machen würde, wenn Du sie aufforder= test, Dein Weib zu werden."

„Mary!" rief der Doctor, indem er sich herum= drehte, um seiner Nichte in's Gesicht zu sehen.

„Es ist mein Ernst, Onkel — mein völliger Ernst. Aus verschiedenen Worten, die sie gesprochen, und verschiedenen Dingen, die ich gesehen, schließe ich, was ich Dir jetzt sage."

„Und Du wünschest, daß ich —"

„Lieber Onkel, mein guter lieber Onkel, ich wünsche blos, daß Du thust, was Dich glücklich machen kann. Was ist mir Miß Dunstable im Vergleich zu Dir?"

Und dann bückte sie sich und küßte ihn.

Der Doctor war, wie es schien, von der ihm gewordenen Andeutung viel zu sehr überrascht, als daß es ihm möglich gewesen wäre, eine sofortige weitere Antwort zu geben. Als seine Nichte dies sah, verließ sie ihn, um zu gehen und sich anzukleiden, und als sie einander im Gesellschaftszimmer wieder trafen, war Frank Gresham bei ihnen.

Fünftes Kapitel.

Miß Dunstable zu Hause.

Miß Dunstable sah nicht aus wie ein liebekrankes Mädchen, als sie in einem kleinen Vorzimmer am obersten Ende ihrer Gesellschaftszimmertreppe stand und ihre Gäste empfing.

Ihr Haus war eins jener abnormen Gebäude, welche man hier und da in London sieht und welche mehr in Uebereinstimmung mit den Regeln der ländlichen Architectur erbaut sind, als mit denen, welche bei Errichtung von Straßen und städtischen Terrassen maßgebend zu sein pflegen.

Es stand gegen seine Umgebung etwas zurück und allein, so daß der Besitzer rund herum gehen konnte. Den Zugang bildete ein kurzer Fahrweg.

5*

Die Hauptthür befand sich auf der Hinterseite des Gebäudes und die Vorderseite hatte die Aussicht auf einen der Parks. Miß Dunstable hatte, indem sie sich es verschaffte, ihr gewöhnliches Glück gehabt. Es war mit ungeheuren Kosten von einem excentrischen Millionär erbaut worden, und der excentrische Millionär hatte, nachdem er ein Jahr darin gewohnt, erklärt, es böte nicht eine einzige Bequemlichkeit und es habe Mangel an allen jenen Dingen, welche in Bezug auf die Bequemlichkeit eines Hauses für die menschliche Existenz nothwendig sind.

Demzufolge ward das Haus verkauft und Miß Dunstable war die Käuferin. Cranbourn House war es genannt worden und die dermalige Besitzerin hatte in dieser Beziehung keine Aenderung getroffen, das allgemeine Publikum nannte es jedoch die „Haaröl-Halle“ und Miß Dunstable bediente selbst sich dieses Namens eben so oft als eines andern.

Es war unmöglich, Miß Dunstable mit einiger Aussicht auf Erfolg zu necken, weil sie alle Mal selbst mit in den Scherz einstimmte.

Zwischen Mistreß Gresham und Doctor Thorne war in Bezug auf ihre letzte Conversation kein Wort weiter gewechselt worden. Als der Doctor aber Miß Dunstable's von Dienern wimmelndes und in grellem Lichte strahlendes Haus betrat und die Menge vor sich und die Menge hinter sich sah, fühlte er, daß es ihm vollkommen unmöglich sein würde, sich hier jemals heimisch zu fühlen.

Es konnte ganz in Ordnung sein, daß eine Miß Dunstable auf diese Weise lebte, aber unmöglich wäre es in Ordnung gewesen, wenn die Gattin eines Doctor Thorne so hätte leben wollen.

Doch hierauf kam durchaus Nichts weiter an, denn er wußte wohl und hatte sich dies schon mehr als ein Mal bei sich selbst gesagt, daß seine Nichte Miß Dunstable's Charakter ganz falsch aufgefaßt hatte.

Als Mr. und Mistreß Gresham mit Doctor Thorne das Vorzimmer betraten, in welches die Treppe führte, fanden sie hier Miß Dunstable von einigen ihrer intimsten Freunde umringt. Mistreß Harold Smith saß dicht neben ihr, Doctor Easyman saß auf dem Sopha an die Wand zurückgelehnt, und die Dame, welche gewöhnlich bei Miß Dunstable wohnte, saß neben ihm.

Außerdem waren noch einige Personen da, so daß eine fortwährende Unterhaltung im Gange war, um Miß Dunstable die Langeweile der Aufgabe, welche sie übernommen, weniger fühlbar werden zu lassen.

Als Mistreß Gresham, auf den Arm ihres Gatten gestützt, in das Zimmer trat, sah sie den Rücken von Mistreß Proudie, als dieselbe, von ihrem Gemahl geführt, eben die gegenüber befindliche Thür passirte.

Mistreß Harold Smith hatte, wie es schien, den Aerger über den von Miß Dunstable so unbedingt zurückgewiesenen Heirathsantrag überwunden. Wenn auch vielleicht ein Gefühl vorhanden gewesen war, welches geeignet gewesen, der vertrauten Freundschaft zwischen den beiden Damen ein Ende zu machen, so war dieses Gefühl jetzt vollständig wieder erloschen, denn Mistreß Harold Smith conversirte mit ihrer Freundin ganz in der alten Weise. Sie machte über Jeden der Gäste, so wie dieselben vorübergingen, eine Bemerkung, und dies, wie es schien, auf eine der Besitzerin dieses Hauses ganz angenehme Weise, denn Miß Dunstable antwortete mit ihrem freundlichsten Lächeln und in jenem heitern Tone, welche ihrem guten Humor einen ganz eigenthümlichen Charakter verlieh.

„Sie ist fest überzeugt, daß Sie bei dem, was Sie thun, weiter Nichts sind, als Nachahmerin," sagte Mistreß Harold Smith, von Mistreß Proudie sprechend.

„Das bin ich allerdings. Ich glaube überhaupt nicht, daß eine Abendgesellschaft heutzutage noch etwas sehr Originelles haben kann."

„Aber sie glaubt, Sie copiren die ihrige."

„Und warum sollte ich das nicht? Ich copire
Jeden, den ich sehe, mehr oder weniger. Ist die Cri=
noline, die Sie tragen, vielleicht eine Frucht Ihrer
eigenen Erfindung? Wenn Mistreß Proudie einen
derartigen Stolz besitzt, so wollen wir ihr denselben
lassen. — Da kommt der Doctor mit den Greshams.
Mary, mein liebes Kind, wie befinden Sie sich?"
fragte Miß Dunstable und faßte, trotz ihrer pracht=
vollen Toilette, Mistreß Gresham um den Leib und
küßte sie, zum großen Aergerniß der anderthalb Dutzend
fashionablen Gäste, welche dicht dahinter die Treppe
heraufkamen.

Der Doctor war in Folge der ihm so kürzlich
gemachten Mittheilung nicht recht unbefangen. Miß
Dunstable stand jetzt auf der äußersten Höhe des
Reichthums und schien ihm nicht blos so unerreichbar,
sondern auch seiner Lebenssphäre so fremd, daß er sich
in keiner Weise auf gleiche Stufe mit ihr stellen konnte.
Er konnte weder so hoch trachten, noch so tief herab=
steigen, und indem er hieran dachte, sprach er mit
Miß Dunstable, als ob eine breite Kluft zwischen
ihnen läge, als ob es keine Stunden vertrauter Freund=
schaft unten in Greshamsbury gegeben hätte.

Und dennoch hatte es solche Stunden gegeben,
während welcher Miß Dunstable und Doctor Thorne
gelebt hatten, als ob sie einer und derselben Welt

angehörten; von Miß Dunstable wenigstens konnte
man auch sagen, daß es ihr nicht einfiel, diese Stun=
den vergessen zu wollen.

Doctor Thorne reichte ihr blos die Hand und
wollte dann weitergehen.

„Gehen Sie nicht, Doctor," sagte sie; „um's
Himmels willen, gehen Sie nicht. Ich weiß nicht, ob
ich Sie wieder ertappe, wenn Sie ein Mal hinein
sind. Während der nächsten zwei Stunden wird es
mir nicht möglich sein, mich nach Ihnen umzusehen —
Lady Meredith, ich bin Ihnen sehr verbunden, daß
Sie mir die Ehre Ihres Besuches schenken — Ihre
Mutter wird hoffentlich auch erscheinen? — O, wie
freue ich mich! — Ich weiß, Doctor, Sie sind kein
Freund von derartigen Dingen," fuhr sie, nachdem
Lady Meredith mit ihrem Gemahl vorüber war, fort,
„aber es ist kein Grund vorhanden, weßhalb Sie sich
nicht auch ein Mal ein Wenig Gewalt anthun sollten
— meinen Sie nicht auch, Frank?"

„O, ich glaube, es gefällt ihm sogar," entgegnete
Mr. Gresham. „Es sind einige berühmte Freunde
von ihm hier, die er schon längst kennen zu lernen
gewünscht hat."

„Wirklich?" rief Miß Dunstable. „Dann kön=
nen wir hoffen, daß er auch ein Wenig den Mund
aufthut. Ein ordentlicher, tüchtiger, zuverlässiger

Sünder wird aber doch nimmermehr aus ihm, Mary. Er ist zu alt, um neue Kniffe zu lernen. Meinen Sie das nicht selbst, Doctor?"

„Allerdings fürchte ich es," entgegnete der Doctor lächelnd.

„Zählt Doctor Thorne sich zu der Schaar der Frommen?" fragte Mistreß Harold Smith.

„Versteht sich," sagte Miß Dunstable. „Sie dür= fen aber nicht vergessen, daß es Heilige von verschie= denen Arten giebt, nicht wahr, Mary? Daß Fran= ziskaner und Dominikaner nicht mit einander überein= stimmen, ist eine bekannte Sache. So gehört auch Doctor Thorne nicht zu der Schule des heiligen Proudie von Barchester, sondern würde eher der Prie= sterin den Vorzug geben, welche ich jetzt mit einer famosen jungen Novize zur Seite um die Ecke der Treppe kommen sehe."

„Nach Allem, was ich höre, werden Sie auch Miß Grantly zu den Sündern zu rechnen haben," sagte Mistreß Harold Smith, als sie sah, daß Lady Lufton mit ihrer jungen Freundin sich näherte; „es wäre denn, daß Sie aus Lady Hartletop eine Heilige machen könnten."

Lady Lufton trat ein und Miß Dunstable ging ihr mit mehr Ruhe und Ehrerbietung entgegen, als sie bis jetzt den Meisten ihrer Gäste bewiesen hatte.

„Ich bin Ihnen sehr verbunden, daß Sie kommen, Lady Lufton," sagte sie, „und zwar um so mehr, als Sie Miß Grantly mitbringen."

Lady Lufton hielt eine hübsche kleine Rede, während welcher Doctor Thorne herankam und ihr die Hand drückte, was auch von Frank Gresham und dessen Gattin geschah.

Die Bewohner von Framley und die von Greshamsbury kannten einander von der Provinz her, und deßhalb fand eine kurze allgemeine Conversation statt, ehe Lady Lufton aus dem kleinen Saal in das trat, was Mistreß Proudie eine noble Reihe von Gemächern genannt haben würde.

„Mein Papa wird auch hier sein," sagte Miß Grantly; „wenigstens sagt man es. Gesehen hab' ich ihn noch nicht."

„Ja wohl, er hat es mir versprochen," sagte Miß Dunstable, „und ich weiß, der Oberdecan hält sein Wort."

Gerade in diesem Augenblicke vernahm man ein Geräusch, welches Miß Dunstable verrieth, daß einer ihrer heißesten Wünsche in Erfüllung ging, nämlich daß der Herzog von Omnium im Begriff stand, ihre Gesellschaft mit seiner hohen Gegenwart zu beehren.

Es war dies ein großer Ruhm und Triumph für sie. Aber warum kam der Herzog in einem so un-

gelegenen Augenblick? Sie hatte recht wohl einge=
sehen, daß es unangemessen sein würde, Lady Lufton
und den Herzog von Omnium in einem und demselben
Hause und zu gleicher Zeit zusammenzuführen; als sie
aber Lady Lufton eingeladen, hatte sie Grund gehabt,
zu glauben, daß kaum zu hoffen stände, der Herzog
werde ebenfalls kommen. Später, als diese Hoffnung
in ihr dennoch aufgedämmert war, hatte sich mit dem
Gedanken getröstet, daß die beiden Sonnen, wenn sie
sich auch einige Minuten lang in einer und derselben
Hemisphäre bewegten, doch schwerlich zusammenstoßen
oder eine die Bahn der andern kreuzen würde Ihre
Gemächer waren groß und die Gäste wahrscheinlich
zahlreich; der Herzog that jedenfalls weiter Nichts, als
daß er ein Mal die Runde machte, und Lady Lufton
war sicherlich von Personen ihres Ranges und ihrer
Classe umringt.

Auf diese Weise hatte Miß Dunstable sich ge=
tröstet.

Nun aber ging Alles verkehrt und Lady Lufton
sollte mit dem nächsten Repräsentanten satanischen
Einflusses, welcher ihren Begriffen nach auf Englands
Boden wandelte, in nahe Berührung kommen. Kreischte
sie laut auf? Oder verließ sie entrüstet das Haus,
oder warf sie stolz den Kopf empor und bot mit aus=

geſtreckter Hand und hörbarer Stimme dem Teufel und allen ſeinen Werken Trotz?

Und alles Dies dachte Miß Dunſtable und ver= lor, während der Herzog ſich ihr näherte, faſt die Geiſtesgegenwart. Miſtreß Harold Smith aber ver= lor nicht die ihrige.

„Alſo hier iſt endlich der Herzog,“ ſagte ſie in einem Tone, welcher darauf berechnet war, Lady Luf= ton's Aufmerkſamkeit zu erregen.

Miſtreß Smith hatte berechnet, daß für Lady Lufton noch Zeit ſein werde, weiterzugehen und der Begegnung auszuweichen. Wenn aber Lady Lufton auch die Worte hörte, ſo verſtand ſie dieſelben doch nicht vollſtändig. Jedenfalls errieth ſie nicht, was ſie eigentlich bedeuten ſollten. Sie flüſterte eben noch mit Frank Gresham, und als ſie ſich dann umſah, fand ſie, daß der Herr, welcher ihr Kleid berührte, der — Herzog von Omnium war!

Bei dieſer verhängnißvollen Gelegenheit, als das Unglück ſich nicht mehr vermeiden ließ, blieb Miß Dunſtable keineswegs hinter ihrem Rufe zurück. Sie beklagte das Unglück, ſah aber jetzt, daß ihr weiter Nichts übrig blieb, als es nach Kräften zum Beſten zu wenden zu ſuchen. Der Herzog erwies ihr die Ehre, ſie zu beſuchen, und ſie war verbunden, ihn willkommen zu heißen, selbst wenn sie damit Lady Lufton den Todesstoß versetzt hätte.

„Herr Herzog," sagte sie, „ich fühle mich durch diese Freundlichkeit von Ihnen sehr geehrt. Ich hätte kaum gehofft, daß Sie so gütig gegen mich sein würden."

„Die Freundlichkeit ist ganz auf Ihrer Seite," sagte der Herzog, indem er sich über ihre Hand neigte.

Und dem gewöhnlichen Verlaufe der Dinge nach wäre dies Alles gewesen. Der Herzog wäre weiter-gegangen und hätte sich gezeigt, er hätte ein paar Worte mit Lady Hartletop, mit dem Bischof, mit Mr. Gresham und andern dergleichen Persönlichkeiten ge-sprochen, dann die Gemächer auf einem andern Wege verlassen und sich unbemerkt entfernt.

Dies war die Dienstleistung, die man von ihm erwartete, und er würde sie verrichtet und den Werth der Gesellschaft um dreißig Procent gesteigert haben; so aber sollten die Neuigkeitskrämer des Westends weit mehr Stoff durch ihn erhalten.

Die Umstände hatten gewollt, daß er gerade dicht an Lady Lufton gedrängt worden war, und als diese seine Stimme hörte und durch Miß Dunstable's Worte von der Thatsache der Anwesenheit des großen Mannes positiv in Kenntniß gesetzt ward, drehte sie sich rasch,

obschon mit großer weiblicher Würde, herum, um ihr
Kleid von der verhaßten Berührung freizumachen.

Indem sie dies that, kam sie dem Herzog gerade
gegenüber zu stehen, so daß Beide nicht umhin konn=
ten, einander in's Gesicht zu schauen.

„Ich bitte um Entschuldigung," sagte der Herzog.

Es waren dies die einzigen Worte, welche jemals
zwischen ihnen gewechselt worden, auch sind es die ein=
zigen geblieben. So einfach dieselben auch waren, so
gaben sie doch, unterstützt von dem Geberden= und
Mienenspiel der Sprechenden, Anlaß zu einem bedeu=
tenden Grad von Gährung in der fashionablen Welt.

Lady Lufton verneigte sich, indem sie sich gegen
Doctor Easyman zurückzog, tief und langsam und mit
einem nur ihr eigenthümlichen stolzen Arrangement
ihrer Draperie.

Die Verneigung aber, obschon sie beredt war,
sagte nicht halb so viel und strafte den lasterhaften
Lebenswandel des Herzogs mit lange noch nicht so
mächtiger Stimme, wie durch das allmähliche Senken
des Auges und durch das Zusammenpressen der Lip=
pen geschah.

Als sie ihre Verneigung begann, schaute sie ihrem
Feinde voll in's Gesicht. Als sie damit fertig war,
hafteten ihre Augen auf dem Boden, zugleich aber

sprach sich ein durch Worte nicht auszudrückender Grad
von Verachtung in den Linien ihres Mundes aus.

Sie sprach kein Wort und zog sich zurück, wie
bescheidene Tugend und weibliche Schwäche sich vor
dem frechen Laster und männlicher roher Kraft stets
zurückziehen müssen, nichtsdestoweniger aber waren Alle
der Ansicht, daß sie den Sieg davongetragen.

Der Herzog trug, als er sie um Verzeihung bat,
in seinem Gesicht jenen Ausdruck gemäßigten Be-
dauerns, welcher jedem Gentleman eigen ist, welcher
eine Dame incommodirt zu haben glaubt. Hinter dieser Miene aber barg sich zugleich ein leichtes spötti-
sches Lächeln, als ob es ihm unmöglich wäre, Lady
Lufton's Benehmen anders als in gewissem Grade
lächerlich zu finden.

Alles dies war für so scharfe Augen, wie die
Miß Dunstable's und ihrer Freundin Mistreß Harold
Smith, deutlich zu lesen, und der Herzog war als
Meister in Kundgebung dieses stummen innerlichen
Sarkasmus bekannt, aber selbst von diesen — wir
meinen Miß Dunstable und Mistreß Harold Smith
— ward zugegeben, daß Lady Lufton gesiegt habe.

Als die Lady wieder aufblickte, war der Herzog
weitergegangen, und sie ergriff dann wieder Miß
Grantly's Hand und folgte hinein unter die Gesellschaft.

„Das nenne ich ein unglückliches Zusammen=
treffen!" sagte Miß Dunstable, sobald sich die beiden
kriegführenden Parteien von dem Schlachtfeld entfernt
hatten. „Die Schicksalsgöttinnen sind uns ein Mal
zuweilen feindselig gesinnt."

„Aber von Ihnen kann man dies nicht sagen,"
entgegnete Mistreß Harold Smith. „Wenn Sie mor=
gen früh in Lady Lufton's innersten Gedanken lesen
könnten, so würden Sie finden, daß sie ganz glücklich
darüber ist, dem Herzog begegnet zu sein. Jahre
werden vergehen, ehe sie aufgehört hat, sich ihres
Triumphes zu rühmen, und die jungen Damen von
Framley werden während der nächsten drei Generatio=
nen davon sprechen."

Die Greshams und Doctor Thorne waren wäh=
rend des Kampfes in dem Vorzimmer geblieben. Das
ganze Gefecht dauerte kaum zwei Minuten, und den
eben genannten drei Personen ward durch Lady Luf=
ton's Rückzug auf Doctor Easyman der Weg zur
Flucht abgeschnitten; aber nun versuchten auch sie
weiterzugehen.

„Was? Sie wollen mich verlassen?" sagte Miß
Dunstable. „Nun gut, thun Sie es. Ich werde
schon wieder mit Ihnen zusammentreffen. In einem
der Säle wird getanzt, Frank — blos um meine Ge=
sellschaft von Mistreß Proudie's Conversazione zu

unterſcheiden. Es wäre abgeſchmackt, wenn alle Con-
verſazioni egal wären — meinen Sie nicht auch? Deßhalb hoffe ich, Sie werden hineingehen und tanzen.“

„Und wenn die Zeit zum Füttern kommt, wird
ſich, hoffe ich, noch eine anderweite Abweichung be-
merklich machen,“ ſagte Miſtreß Harold Smith.

„Ja wohl, verſteht ſich. In dieſer Beziehung
bin ich ungeheuer proſaiſch,“ ſagte Miß Dunſtable.
„Ich liebe es, die Leute eſſen und trinken zu ſehen —
Mr. Supplehouſe, ich freue mich, Sie zu ſehen, aber
ſagen Sie mir doch —“

Und nun flüſterte ſie mit großer Energie in Mr.
Supplehouſe's Ohr, und Mr. Supplehouſe flüſterte
wieder in das ihrige.

„Sie glauben alſo, er wird?“ ſagte Miß Dunſtable.

Mr. Supplehouſe bejahte; er dachte es, aber er
wollte den Umſtand noch nicht als Thatſache verbür-
gen. Und dann ging er weiter, faſt ohne Miſtreß
Harold Smith eines Blickes zu würdigen.

„Was für eine Galgenphyſiognomie doch dieſer
Menſch hat!“ ſagte die zuletzt genannte Dame.

„Ach, Sie ſind gegen ihn eingenommen, liebe
Freundin, und dies iſt auch durchaus kein Wunder.
Was mich betrifft, ſo habe ich Supplehouſe immer
gern gehabt. Er führt ſtets Unheil im Schilde, aber
es iſt dies ein Mal ſein Handwerk und er macht kein

Geheimniß daraus. Wenn ich Politiker wäre, so
würde ich es Mr. Supplehouse, wenn er sich gegen
mich kehrte, eben so wenig übelnehmen, als ich es jetzt
einer Nadel übelnehme, daß sie mich sticht. Meine
eigene Unbeholfenheit ist schuld und ich hätte die Nadel
geschickter zu behandeln verstehen sollen."

„Aber dennoch muß man einen Mann verab=
scheuen, welcher thut, als ob er zu seiner Partei hielte,
und dann alles Mögliche thut, um sie zu ruiniren."

„Ach, liebe Freundin, das haben gar Viele ge=
than, und zwar mit weit größerem Erfolg, als Mr.
Supplehouse. Im Krieg und in der Liebe ist Alles er=
laubt, warum soll man nicht auch sagen, in der Politik?"

Miß Dunstable's Zimmer, so viel Raum diesel=
ben auch boten, waren jetzt ziemlich voll, und das Ge=
dränge würde ein sehr unbequemes geworden sein,
wenn nicht viele der Gäste höchstens eine halbe Stunde
geblieben wären.

Für die Tänzer war jedoch der nöthige Raum
auf alle Fälle reservirt worden — zur großen Bestür=
zung der Gemahlin des Bischofs.

Nicht als ob sie das Tanzen in London als
Regel gemißbilligt hätte; sie war blos entrüstet, daß
die von ihr in der fashionablen Welt wieder eingeführ=
ten Gesetze einer Conversazione auf so gewaltsame
Weise verletzt wurden.

„Wenn man eine Conversazione auf diese Weise behandelt, so wird man zuletzt kaum noch wissen, was man darunter zu verstehen hat," sagte sie mit Nach= druck zu ihrem Gemahl.

„Ja, das ist wahr," entgegnete der Bischof.

„Das Tanzen ist da, wohin es paßt, ganz gut," fuhr Mistreß Proudie fort.

„Ich selbst habe nie Etwas dagegen gehabt — das heißt für die Laien," sagte der Bischof.

„Wenn man aber sich um höherer Zwecke willen versammelt," sagte Mistreß Proudie, „so muß man diesen Zwecken auch treu bleiben."

„Ja wohl, denn sonst ist man nicht viel besser als ein Heuchler," sagte der Bischof.

„Als ich die Mühe und Kosten daran wendete, Conversazioni einzuführen," fuhr Mistreß Proudie mit dem Ausdruck verletzter Würde fort, „hatte ich keine Ah= nung, daß man das Wort später so falsch deuten würde."

Da sie in diesem Augenblicke auf der andern Seite des Zimmers einige wünschenswerthe Bekannte erblickte, so eilte sie zu diesen hinüber und überließ es dem Bischof, sich den Weg allein weiter zu bahnen.

Lady Lufton begab sich, nachdem sie ihren Sieg errungen, weiter nach dem Tanzsalon, wohin ihr Feind ihr aller Wahrscheinlichkeit nach nicht folgte, und sie war noch nicht lange hier, als ihr Sohn sich zu ihr gesellte.

6*

Ihr Herz war in dem gegenwärtigen Augenblicke
mit dem Stande der Dinge in Bezug auf Griselda
nicht recht zufrieden. Sie war so weit gegangen, ihrer
jungen Freundin zu sagen, wie ihre eigenen Wünsche
lauteten; sie hatte ihren Wunsch erklärt, daß Griselda
ihre Schwiegertochter werden möchte, Griselda aber
hatte hierauf keinerlei bestimmte Antwort gegeben.

Allerdings war es nicht mehr als natürlich, daß
eine so wohlerzogene junge Dame, wie Miß Grantly,
eine Leidenschaft nicht eher verrieth, als bis sie durch
das Entgegenkommen des betreffenden Cavaliers dazu
berechtigt ward; trotzdem aber glaubte Lady Lufton,
daß ihr Griselda doch wohl durch ein Wort hätte an-
deuten können, daß ein solches Bündniß auch ihr angenehm sein würde.

Griselda hatte jedoch kein solches Wort gesprochen
und auch sonst durch keine Silbe angedeutet, daß sie
Lord Lufton's Bewerbung, wenn dieselbe erfolgte, er-
hören würde.

Andererseits hatte sie allerdings auch keine Silbe
geäußert, aus welcher man hätte schließen können, sie
werde ihn abweisen; nichtsdestoweniger aber und obschon sie wußte, daß die Welt von ihr und Lord Dumbello allerhand gemunkelt, ließ sie sich von diesem fortwährend zum Tanze führen.

Alles dies war Lady Lufton sehr unangenehm

und sie begann zu überlegen, ob es, wenn sie ihren kleinen Plan nicht bald zu einem günstigen Ausgange bringen könnte, nicht vielleicht am Besten für sie sei, wenn sie sich fernerhin Nichts mehr damit zu schaffen machte.

Um ihres Sohnes willen lag ihr allerdings noch immer viel daran, daß die Partie zu Stande käme. Griselda ward — dies bezweifelte sie nicht — ein Mal ein gutes Weib, aber Lady Lufton war in Bezug auf sich selbst nicht mehr so fest überzeugt, wie früher, daß sie ihrer Schwiegertochter stets so zugethan bleiben würde, wie sie bis jetzt gehofft hatte.

„Bist Du schon lange hier, Ludovic?" fragte sie lächelnd, wie sie stets lächelte, wenn ihre Augen auf das Gesicht ihres Sohnes fielen.

„Nein, ich komme erst diesen Augenblick und eilte Dir nach, weil Miß Dunstable mir sagte, daß Du hier wärest. Was für eine Menge Gesellschaft sich doch hier versammelt hat! Hast Du schon Lord Brock gesehen?"

„Nein, ich habe ihn nicht bemerkt."

„Oder Lord De Terrier? Ich sah Beide in dem Mittelzimmer."

„Lord De Terrier erzeigte mir die Ehre, mir die Hand zu drücken, als ich an ihm vorüberkam."

„Noch nie ist mir ein solches Gemisch von Leuten

vorgekommen. Mistreß Proudie ist beinahe außer sich, weil Ihr Alle tanzen wollt."

„Die Misses Proudie tanzen auch," sagte Griselda Grantly.

„Aber nicht auf einer Conversazione," bemerkte Lord Lufton. „Spermoil ist auch da. Er sah heiter aus und plauderte mit dem um ihn versammelten Kreis, als ob er an die Gottlosigkeit der Welt vollkommen gewöhnt wäre."

„Allerdings sind Leute hier, welchen man, wenn man es sich recht überlegt, nicht zu begegnen gewünscht hätte," sagte Lady Lufton, sich der von ihr selbst gemachten Erfahrung erinnernd.

„Aber dennoch muß Alles solid und in Ordnung sein, denn ich ging mit dem Oberdecan die Treppe herauf," sagte Lord Lufton. „Dies ist ein absoluter Beweis; meinen Sie nicht auch, Miß Grantly?"

„Ich fürchte durchaus Nichts," entgegnete die Gefragte. „Wenn ich bei Ihrer Mutter bin, so weiß ich, daß ich geschützt bin."

„Nun, das weiß ich doch nicht so gewiß," sagte Lord Lufton lachend. „Mutter, Du kennst wahrscheinlich noch nicht das Schlimmste. Wer glaubst Du wohl, wer hier ist?"

„Ich weiß, wen Du meinst; ich hab' ihn gesehen," sagte Lady Lufton sehr ruhig.

„Wir begegneten ihm gerade auf der oberſten Stufe
der Treppe," ſagte Griſelda mit lebendigerer Miene,
als Lord Luſton bis jetzt an ihr wahrgenommen.

„Wie? dem Herzog?"

„Ja, dem Herzog," ſagte Lady Luſton. „Allerdings
wäre ich nicht hierher gekommen, wenn ich gewußt hätte,
daß ich mit dieſem Manne in Berührung gerathen
würde; es war aber ein Zufall, und bei ſolchen Gelegenheiten, wie dieſe, läßt es ſich ein Mal nicht ändern."

Lord Luſton bemerkte ſofort an dem Tone ſeiner
Mutter, ſo wie an den Mienen ihres Geſichts, daß
ſie wirklich ein perſönliches Rencontre mit dem Herzog
gehabt hatte, aber auch, daß ſie keineswegs ſo entrüſtet
darüber war, als man hätte erwarten können. Sie
ſtand immer noch hier in Miß Dunſtable's Hauſe und
gab keinen Unwillen über Miß Dunſtable's Hand-
lungsweiſe zu erkennen.

Lord Luſton wäre kaum in höherem Grade über-
raſcht geweſen, wenn er den Herzog ſeine Mutter
hätte zur Tafel führen ſehen. Dennoch ſagte er weiter Nichts hierüber.

„Wirſt Du auch tanzen, Ludovic?" fragte Lady
Luſton.

„Allerdings bin ich mit Miſtreß Proudie nicht
dahin einverſtanden, daß der Tanz ſich für eine

Conversazione nicht schicke. Was meinen Sie, Miß
Grantly?"

Griselda verstand sich nie sonderlich auf einen
Scherz und glaubte jetzt, Lord Lufton suche von der
Mühe, mit ihr zu tanzen, loszukommen. Dies ärgerte
sie, denn die einzige Art von Annäherung, wodurch
sich ein junger Mann ihr angenehm machen konnte,
war das Amusement des Tanzens.

Sie war in dieser Beziehung ganz anderer An=
sicht, als Miß Proudie, und bekam von Miß Dun=
stable wegen der von ihr eingeführten Neuerung eine
hohe Meinung. In Gesellschaft leisteten Griselda's
Zehen ihr mehr Dienste, als ihre Zunge, und sie war
durch eine rasche Polka wahrscheinlich weit eher zu
gewinnen, als durch ein zärtliches Wort. Der An=
trag, der nach ihrem Geschmack gewesen wäre, hätte
ihr während einer krampfhaften Pause in einem Wal=
zer durch zwei keuchende Worte gemacht werden müssen,
und dann, wenn sie den Arm gehoben hätte, um die
gewohnte Stütze für ihren Rücken zu empfangen, hätte
sie vielleicht Kraft genug gefunden, zu sagen: „Spre=
chen Sie — mit — Papa."

Nachdem sie ein Mal dies gesagt, würde es ihr
am Angenehmsten gewesen sein von der ganzen Sache
nicht eher wieder sprechen zu hören, als bis Alles be=
sprochen und in Ordnung gebracht gewesen wäre.

„Ich habe noch nicht darüber nachgedacht," sagte Griselda, indem sie ihr Gesicht von Lord Lufton abwendete.

Man darf jedoch nicht glauben, daß Miß Grantly nicht an Lord Lufton gedacht oder daß sie nicht überlegt habe, wie groß der Vortheil sein werde, Lady Lufton auf ihrer Seite zu haben, wenn sie sich zu dem Wunsch entschlösse, Lord Lufton's Weib zu werden.

Sie wußte recht wohl, daß jetzt, in dieser allerersten Saison ihrer anerkannten Schönheit, ihre Zeit für einen Triumph war, und sie wußte auch, daß junge, hübsche, unverheirathete Lords nicht an Hecken wachsen, wie Heidelbeeren. Hätte Lord Lufton ihr seinen Antrag gemacht, so hätte sie ihn sofort angenommen, ohne weiter mit Bedauern an den größern Glanz zu denken, welcher einer künftigen Marquise von Hartletop zufallen könnte. In dieser Beziehung mangelte es ihr durchaus nicht an einem gewissen Grade Klugheit.

Lord Lufton hatte ihr aber bis jetzt noch keinen Antrag gemacht und eben so wenig durch irgend Etwas zu der Vermuthung Anlaß gegeben, daß er die Absicht habe, dies zu thun, und Griselda Grantly würde sich unter keiner Bedingung dazu verstanden haben, den ersten Schritt zu thun.

Lord Dumbello hatte allerdings auch noch keinen

Antrag gemacht, aber er hatte Zeichen gegeben —
stumme Zeichen, so wie Vögel sich einander geben,
und die für ein Mädchen, welches den Gebrauch ihrer
Zehen dem ihrer Zunge vorzog, eben so verständlich
waren, als mündliche.

„Ich habe noch nicht darüber nachgedacht," sagte
Griselda in sehr kaltem Tone, und in diesem Augen=
blicke stand ein Herr vor ihr und bat sie um ihre
Hand für den nächsten Tanz.

Es war Lord Dumbello, und Griselda stand,
ohne durch etwas Anderes als eine stumme Verbeu=
gung zu antworten, auf und legte ihren Arm in den
ihres Cavaliers.

„Ich finde Sie doch noch hier, Lady Lufton,
wenn wir fertig sind," sagte sie und verschwand dann
unter den Tanzenden.

Wenn das Tanzen an der Tagesordnung ist, so
bleibt einem Cavalier Nichts weiter übrig zu thun,
als eine Dame dazu zu engagiren. Dies hatte Lord
Lufton unterlassen, und nun ward ihm die Beute vor
der Nase hinweggeführt.

Lord Dumbello zeigte eine unverkennbar trium=
phirende Miene, als er mit der Schönheit fortging.

Die Welt hatte gesagt, Lord Lufton wolle sie
heirathen, und die Welt hatte auch gesagt, Lord Dum=
bello sei einer ihrer Bewunderer. Dies ärgerte Lord

Dumbello und er kam sich vor wie ein Gegenstand der Verachtung, wie ein abgewiesener Freier.

Wäre Lord Lufton nicht gewesen, so hätte er sich vielleicht nicht so viel aus Griselda Grantly gemacht; die Umstände hatten es aber so gefügt, daß er sich für sie interessirte, und er, als Erbe eines Marquisats, betrachtete es als seine Pflicht, Das, was er haben wollte, auch zu erlangen, mochte außer ihm noch danach trachten, wer da wollte.

Gerade auf dieselbe Weise gehen Gemälde bei Auctionen zuweilen so hoch weg, und Lord Dumbello betrachtete Miß Grantly, als stände sie jetzt unter dem Hammer des Auctionators, und glaubte, Lord Lufton suche ihn zu überbieten. Er zeigte daher eine triumphirende Miene, als er seinen Arm um Griselda's Taille legte und nach dem Takte der Musik mit ihr auf= und abwirbelte.

Lady Lufton und ihr Sohn blieben stehen und sahen einander an. Natürlich hatte Lord Lufton die Absicht gehabt, Griselda zum Tanz aufzufordern, und man kann nicht sagen, daß ihm seine getäuschte Erwartung sehr unangenehm gewesen wäre.

Natürlich hatte auch Lady Lufton erwartet, daß ihr Sohn und Griselda mit einander tanzen würden, und sie war ein Wenig geneigt, ihrer Schützlingin zu zürnen.

„Ich dächte, sie hätte noch eine Minute warten können," sagte sie.

„Aber weßhalb, Mutter? Es giebt gewisse Dinge, auf welche man niemals wartet. Miß Grantly that ganz recht daran, daß sie den Ersten nahm, der sich darbot."

Lady Lufton hatte sich vorgenommen, zu erfahren, was das Ende des von ihr entworfenen Planes sein werde. Sie konnte Griselda nicht immer bei sich haben, und wenn irgend Etwas arrangirt werden sollte, so mußte es jetzt arrangirt werden, während Beide noch in London waren. Nach dem Schluß der Saison wollte Griselda nach Plumstead zurückkehren und Lord Lufton, Niemand wußte noch, wohin, gehen.

Es wäre vergeblich gewesen, fernerweiten Gele= genheiten entgegenzusehen. Wenn die beiden jungen Leute einander je t z t nicht liebten, so thaten sie es nimmermehr. Lady Lufton begann zu fürchten, daß ihr Plan sich nicht bewähre, aber sie hatte sich vorge= nommen, die Wahrheit sofort zu erfahren — wenig= stens in so weit, als ihr Sohn betheiligt wäre.

„Ja, das ist wahr. Ihr ist es ganz gleich, mit wem sie tanzt," sagte Lady Lufton.

„Ganz gleich — das glaube ich auch — aus= genommen, daß ihr Dumbello vielleicht deßhalb lieber ist, weil er eine bessere Lunge hat."

„Es thut mir leid, Dich von Griselda auf diese Weise sprechen zu hören, Ludovic."

„Aber warum das, Mutter?"

„Weil ich gehofft hatte, daß Ihr — Du und sie — Gefallen an einander finden würdet."

Sie sagte Das in ernstem, zärtlichem und weh= müthigem Tone, indem sie zugleich zu ihrem Sohne aufblickte, als ob sie ihn um eine große Gunst bäte.

„Ja, Mutter, ich weiß, daß Du dies gewünscht hast."

„Du hast es gewußt, Ludovic!"

„Ja wohl, denn Du verstehst es nicht sonderlich, Deine Geheimnisse vor mir zu bewahren. In der That glaubte ich auch einige Zeit lang, daß ich Dei= nen Wunsch erfüllen könnte. Du bist so gut gegen mich gewesen, daß ich fast Alles für Dich thun könnte."

„O nein! nein!" sagte sie, sein Lob und das Opfer, welches er in Bezug auf seine eigenen Hoff= nungen und Bestrebungen bringen zu wollen schien, ablehnend. „Um Nichts in der Welt willen möchte ich, daß Du so Etwas meinetwegen thätest. Keine Mutter hatte je einen bessern Sohn, und Dein Glück ist mein einziger Ehrgeiz."

„Aber, Mutter, Griselda würde mich nicht glück= lich machen. Einen Augenblick lang war ich wahn=

finnig genug, zu glauben, daß sie es könnte; es kam
sogar eine Gelegenheit, bei welcher ich sie aufgefordert
haben würde, mein Herz und meine Hand anzuneh=
men, aber —"

„Aber was, Ludovic?"

„Sprechen wir nicht davon; der Augenblick ist
vorüber und ich werde ihr nun niemals einen derarti=
gen Antrag machen. Ich glaube überhaupt nicht, daß
sie mich nähme. Sie ist ehrgeizig und trachtet nach
etwas Höherem, als ich bin. Uebrigens muß ich ihr
die Gerechtigkeit widerfahren lassen, zu sagen, daß sie
recht wohl weiß, was sie thut, und daß sie ihre Karte
so gut spielt, als ob sie mit derselben in der Hand
geboren wäre."

„Du wirst Dich also niemals um ihre Hand be=
werben?"

„Nein, Mutter, und wenn ich es gethan hätte,
so wäre es blos aus Liebe zu Dir geschehen — blos
aus Liebe zu Dir."

„Um Alles in der Welt willen möchte ich nicht,
daß Du so Etwas thätest."

„Möge Dumbello sie nehmen. Sie wird ihm
ein vortreffliches Weib sein, ganz das Weib, welches
er sich wünscht. Und Du, liebe Mutter, Du wirst
das Verdienst haben, ihr dabei behülflich gewesen
zu sein."

„Aber, Ludovic, ich möchte Dich so gern ver=
mählt sehen."

„Mit der Zeit geschieht Alles, Mutter."

„Ja, aber die gute Zeit verrinnt. Die Jahre
vergehen so schnell. Ich hoffe, daß Du zuweilen an's
Heirathen denkst."

„Aber, Mutter, wenn ich Dir nun eine Frau
brächte, die Dir nicht gefiele?"

„Es wird mir Jede gefallen, die Du liebst —
das heißt —"

„Das heißt, wenn Du sie auch liebst, nicht wahr,
Mutter?"

„Ich vertraue Deinem guten Geschmack. Ich
weiß, daß Dir Keine gefallen kann, die nicht gebildet
und gut ist."

„Gebildet und gut. Wird das genügen?" sagte
er, indem er an Lucy Robarts dachte.

„Ja, es wird genügen, wenn Du sie liebst. Ich
verlange nicht, daß Du nach Geld heirathest. Griselda
wird ein Mal ein Vermögen erben, welches nicht zu
verachten wäre, aber ich wünsche nicht, daß Du darauf
Gewicht legest."

Und so, während sie mit einander in Miß Dun=
stable's gedrängt vollem Salon standen, kamen Mut=
ter und Sohn überein, daß der Lufton=Grantly=
Allianztractat nicht ratificirt werden solle.

„Ich glaube, ich muß Mistreß Grantly benach=
richtigen," sagte Lady Lufton bei sich selbst, als Gri=
selda zu ihr zurückkehrte.

Es waren kaum ein Dutzend Worte zwischen
Lord Dumbello und seiner Tänzerin gesprochen worden,
aber diese junge Dame war nun ebenfalls zu dem
Entschluß gekommen, daß der eben erwähnte Tractat
niemals in's Leben treten solle.

Wir müssen nun zu unserer Wirthin zurückkeh=
ren, die wir nicht auf so lange Zeit hätten verlassen
sollen, da ja dieses Kapitel ausdrücklich in der Absicht
geschrieben ist, zu zeigen, wie gut sie sich selbst unter
schwierigen Umständen zu benehmen verstand.

Sie hatte erklärt, daß sie nach einer Weile im
Stande sein würde, ihren Standpunkt in der Nähe
der Eingangsthür zu verlassen und ihre specielleren
Freunde unter der Menge aufzusuchen.

Die Gelegenheit hierzu aber fand sich erst sehr
spät Abends. Es kamen immer noch neue Gäste. Sie
war von den unaufhörlichen Begrüßungen zum Tode
ermüdet und hatte schon mehr als ein Mal erklärt,
daß Mistreß Harold Smith ihre Stelle vertreten
müsse.

Diese Letztere blieb ihr bei ihrer schwierigen Auf=
gabe mit wunderbarer Beständigkeit treu zur Seite und
machte ihr diese Aufgabe erträglich.

Es gereichte dies Mistreß Harold Smith in hohem Grade zur Ehre. Ihre eigenen Hoffnungen mit Bezug auf die reiche Erbin waren vollständig zertrümmert, denn diese hatte ihre Antwort in kurzen, aber deutlichen Worten gegeben. Nichtsdestoweniger aber war sie ihrer Freundschaft treu und bei der gegenwärtigen Gelegenheit fast eben so bereit, Beschwerden zu ertragen, als ob sie das Recht einer Schwägerin im Hause gehabt hätte.

Gegen ein Uhr kam ihr Bruder. Er hatte Miß Dunstable, seitdem jener Antrag gemacht worden, noch nicht wiedergesehen und sich jetzt nur mit Mühe von seiner Schwester überreden lassen, sich zu zeigen.

„Was kann es nützen?" sagte er. „Mit mir ist das Spiel aus."

Er meinte damit, daß nicht blos das Spiel mit Miß Dunstable aus sei, sondern daß auch das große Spiel seines ganzen Lebens nächstens einen unerfreulichen Abschluß finden werde.

„Ach, dummes Zeug," sagte seine Schwester. „Willst Du vielleicht verzweifeln, weil ein Mann, wie der Herzog von Omnium, sein Geld haben will? Was gute Bürgschaft für ihn gewesen ist, das ist auch gute Bürgschaft für andere Leute."

Und dann machte Mistreß Harold Smith sich Miß Dunstable angenehmer als je.

Als Miß Dunstable beinahe erschöpft war, kam
Mr. Sowerby die Treppe herauf. Er hatte sich, um
die Feuerprobe zu bestehen, mit der ganzen kaltblütigen
Keckheit, welche ihm zu Gebote stand, gewaffnet, aber
man sah deutlich, daß diese nicht genügte, und daß ohne
Miß Dunstable's angebornen guten Humor die Begegnung eine sehr peinliche gewesen wäre.

„Da kommt mein Bruder,“ sagte Mistreß Harold
Smith und verrieth durch ihr zitterndes Geflüster, daß
sie seinem Erscheinen nicht ohne einen gewissen Grad
von Furcht entgegengesehen hatte.

„Ah, wie geht es Ihnen, Mr. Sowerby?“ fragte
Miß Dunstable, indem sie ihm bis an die Schwelle
der Thür entgegenging. „Besser spät, als niemals.“

„Ich komme so eben erst aus der Parlamentssitzung,“ antwortete er, indem er ihr die Hand reichte.

„O, ich weiß wohl, daß Sie unter den Senatoren
des Landes sans reproche sind, eben so wie Mr. Harold Smith sans peur, nicht wahr, liebe Freundin?“

„Ich muß gestehen, daß Sie gegen Beide unge-
wöhnlich streng gewesen sind,“ sagte Mistreß Harold
lachend, „und, was meinen armen Gatten betrifft, mit
großem Unrecht. Nathanael ist hier und mag sich
selbst vertheidigen.“

„Niemand wäre bei irgend einer Gelegenheit
besser im Stande, dies zu thun. Aber, mein lieber

Mr. Sowerby, ich bin der Verzweiflung nahe. Glauben Sie, daß er kommen werde?"

„Wer denn?"

„Ach, wie können Sie so fragen? Sie wissen doch, daß ich zwei berühmte Gäste erwartete — Einer ist bereits dagewesen."

„Auf mein Wort, ich verstehe Sie nicht," sagte Mr. Sowerby, der nun seine ganze Unbefangenheit wiedergewonnen hatte. „Kann ich aber vielleicht Etwas thun? Soll ich Jemanden holen? Ha, da fällt mir ein — Sie erwarten jedenfalls Tom Towers, den Redacteur des ‚Jupiter.‘ Da kann ich Ihnen freilich nicht helfen. Doch siehe da, eben kommt er die Treppe herauf!"

Und Mr. Sowerby trat mit seiner Schwester auf die Seite, um für den großen Mann des Jahrhunderts Platz zu machen.

„Gott und alle Heiligen, stehet mir bei!" rief Miß Dunstable. „Wie um's Himmels willen habe ich mich zu benehmen, Mr. Sowerby, glauben Sie, daß ich niederknieen muß? Wer weiß, ob er nicht einen Berichterstatter mitgebracht hat?"

Und dann that Miß Dunstable zwei oder drei Schritte vorwärts, streckte die Hand aus und begrüßte Mr. Towers, den Redacteur des ‚Jupiter,‘ mit ihrem freundlichsten Lächeln.

„Mr. Towers," sagte sie, „ich freue mich, diese Gelegenheit zu haben, Sie bei mir zu sehen."

„Miß Dunstable, ich fühle mich durch das Recht, hier zu sein, unermeßlich geehrt," sagte er.

„Die Ehre ist ganz auf meiner Seite," entgegnete Miß Dunstable, sich nochmals graziös verneigend.

Beide wußten, daß dies Alles nur leere Redens=arten waren, und binnen wenigen Minuten entspann sich eine eifrige Conversation.

„Apropos, Sowerby, was meinen Sie zu dieser angedrohten Auflösung?" fragte Tom Towers.

„Wir sind Alle in den Händen der Vorsehung," sagte Mr. Sowerby, indem er sich bemühte, die Sache ohne äußern Schein von Gemüthsbewegung hinzu=nehmen.

Die Frage war jedoch für ihn eine furchtbar be=deutungsvolle, und er hatte bis jetzt noch Nichts von einer solchen Drohung gehört, eben so wenig als Mistreß Harold Smith, oder Miß Dunstable, oder hundert Andere, welche jetzt Mr. Towers' Mitthei=lungen vernahmen.

Gewisse Menschen besitzen aber ein Mal die Gabe, dergleichen Neuigkeiten in Umlauf zu bringen, und die Leistung des Propheten wird oft durch seine Autorität zu Stande gebracht Am nächsten Morgen ging in allen hohen Kreisen der Gesellschaft das

Gerücht, daß eine Auflösung des Parlaments bevor=
stände.

„Diese Menschen haben in solchen Dingen kein
Gewissen," sagte ein kleiner Gott, von den Riesen
sprechend — ein kleiner Gott, dem seine Wahl zum
Parlamentsmitglied schweres Geld gekostet hatte.

Mr. Towers blieb etwa zwanzig Minuten lang
plaudernd im Vorzimmer stehen und entfernte sich
dann wieder, ohne die Salons betreten zu haben. Er
hatte dem Zwecke, um deß willen er eingeladen wor=
den, entsprochen, und verließ Miß Dunstable in zu=
friedener Stimmung.

„Ich freue mich, daß er dagewesen ist," sagte
Mistreß Harold Smith mit triumphirender Miene.

„Ja, ich freue mich auch," sagte Miß Dunstable,
„obschon ich mich eigentlich meiner Freude schäme,
denn was hat wohl mir oder Anderen dieser Besuch
genützt?"

Und nachdem sie dieser moralischen Betrachtung
Worte geliehen, begab sie sich in die Salons und ent=
deckte sehr bald Doctor Thorne, welcher ganz allein
für sich an die Wand gelehnt stand.

„Nun, Doctor," sagte sie, „wo sind Mary und
Frank? Sie selbst sehen mir durchaus nicht aus, als
ob Sie sich sonderlich amüsirten."

„O, ich finde ganz das Amüsement, welches ich

erwartete," sagte er. „Frank und Mary sitzen irgend
wo und amüsiren sich wahrscheinlich eben so."

„Es ist nicht schön von Ihnen, daß Sie so in
ironischem Tone mit mir sprechen, Doctor. Was wür=
den Sie sagen, wenn Sie aushalten müßten, was ich
diesen Abend durchzumachen gehabt habe?"

„Ueber den Geschmack läßt sich nicht streiten, ich
vermuthe aber, daß Sie an dergleichen Dingen Gefal=
len finden."

„Das weiß ich doch nicht gewiß. Geben Sie mir
Ihren Arm und führen Sie mich zum Souper. Das
Bewußtsein, eine schwere Arbeit und zwar mit Erfolg
verrichtet zu haben, ist doch etwas Angenehmes."

„Wir wissen Alle, daß die Tugend ihren Lohn in
sich trägt," sagte der Doctor.

„Sie sind heute wirklich sehr unfreundlich gegen
mich," sagte Miß Dunstable, indem sie an der Tafel
Platz nahm. „Und Sie glauben wirklich, daß es in
keiner Beziehung Etwas nützen könne, wenn ich der=
gleichen Gesellschaften gebe?"

„O doch — Manche Ihrer Gäste werden sich
ohne Zweifel amüsirt haben."

„Nach Ihrer Ansicht ist Alles eitel, und Sie ha=
ben gewissermaßen Recht. Da sitze ich hier und muß
Sherry trinken, während mir ein Glas Bier weit lieber
wäre, aber davon kann natürlich nicht die Rede sein."

„Ich bitte Sie aber, nicht etwa zu glauben, daß ich Sie verdamme, Miß Dunstable."

„O, thun Sie das immerhin, Doctor Thorne, und ich verdamme mich übrigens selbst. Nicht als ob ich etwas Unrechtes gethan hätte, das Spiel ist aber ein Mal nicht das Licht werth."

„Nun, das ist noch die Frage."

„Nein, nein — das Spiel ist nicht das Licht werth. Und doch war es für mich ein Triumph, sowohl den Herzog von Omnium, als auch den berühmten Tom Towers an einem und demselben Abend bei mir zu empfangen. Sie müssen selbst bekennen, daß ich meine Sache nicht schlecht gemacht habe."

Bald nachher entfernten sich die Greshams mit Doctor Thorne, und ungefähr eine Stunde später war es Miß Dunstable vergönnt, sich zu Bett zu schleppen. War wohl das Spiel das Licht werth?

Sechstes Kapitel.

Der Triumph der Grantlys.

Es ist nur beiläufig erwähnt worden — und der Leser wird es daher wahrscheinlich vergessen haben — daß Mistreß Grantly von ihrem Gatten nicht speciell aufgefordert ward, nach London zu reisen, um Miß Dunstable's Gesellschaft beizuwohnen.

Mistreß Grantly sagte Nichts darüber, ärgerte sich aber im Stillen ein Wenig — nicht wegen des Verlustes, den sie in Bezug auf diese berühmte Versammlung erlitt, sondern weil sie fühlte, daß die Angelegenheiten ihrer Tochter der Oberaufsicht eines mütterlichen Auges bedurften.

Sie zweifelte auch an der angeblichen Ratification jenes Lufton=Grantly=Tractats, und weil sie daran zweifelte, so war sie nicht ganz zufrieden damit, daß ihre Tochter Lady Lufton's Händen überlassen bliebe. Sie hatte ihrem Gatten vor seiner Abreise einige Worte gesagt, aber blos einige Worte, denn sie traute ihm in einer so delicaten Angelegenheit nicht Umsicht genug zu.

Sie war daher nicht wenig überrascht, als sie am zweiten Morgen nach der Abreise ihres Gatten einen Brief von ihm erhielt, durch welchen sie aufge= fordert ward, sich unverweilt in London einzufinden. Sie war überrascht, aber ihr Herz war eher von Hoff= nung, als von Furcht erfüllt, denn sie hegte zu der Discretion ihrer Tochter volles Vertrauen.

Am Morgen nach der Abendgesellschaft hatten Lady Lufton und Griselda wie gewöhnlich mit einander gefrühstückt, eine Jede aber fühlte, daß das Benehmen der Andern sich geändert hatte. Lady Lufton fand ihre junge Freundin etwas weniger aufmerksam und in ihrer Art und Weise vielleicht weniger schüchtern, als gewöhnlich, und Griselda fühlte, daß Lady Lufton weniger liebreich war.

Es ward jedoch wenig zwischen ihnen gesprochen, und Lady Lufton gab keine Verwunderung zu erkennen, als Griselda bat, allein zu Hause bleiben zu dürfen, anstatt die Lady bei ihrer Ausfahrt zu begleiten.

Spät am Nachmittag erschien der Oberdecan

und blieb bei seiner Tochter, bis Lady Lufton zurück=
kehrte. Dann verabschiedete er sich in etwas hastigerer
Weise, als gewöhnlich, und ohne etwas Besonderes
zu sagen, wodurch die lange Dauer seines Besuchs
erklärt worden wäre.

Griselda sagte aber nichts Besonderes, und so
verging der Abend, während Jede sich selbst unbewußt
fühlte, daß sie mit der Andern auf weniger vertrautem
Fuße stand, als früher der Fall gewesen.

Auch am nächstfolgenden Tage hatte Griselda
keine Lust, mit auszufahren, und um vier Uhr brachte
ein Diener ihr einen Brief. Ihre Mutter war in
London angekommen und wünschte sie sofort zu sprechen.
Sie ließ sich Lady Lufton empfehlen und sprach die
Absicht aus, halb sechs Uhr oder auch zu irgend einer
spätern Stunde, ganz wie es Lady Lufton belieben
würde, zu erscheinen. Griselda sollte bei ihrer Mutter
speisen — so sagte der Brief.

Lady Lufton erklärte, sie werde sich freuen, Mistreß
Grantly zu der bestimmten Stunde zu sehen, und mit
dieser Botschaft ausgerüstet, machte Griselda sich auf
den Weg nach der Wohnung ihrer Mutter.

„Ich will Dich mit dem Wagen wieder abholen
lassen," sagte Lady Lufton. „Ich glaube, gegen zehn
Uhr wird die rechte Zeit sein."

„Ich danke Ihnen," sagte Griselda. „Ich glaube auch, dies wird die rechte Stunde sein."

Und damit entfernte sie sich.

Schlag halb sechs Uhr trat Mistreß Grantly in Lady Lufton's Salon. Ihre Tochter kam nicht mit ihr, und Lady Lufton sah an der Miene ihrer Freundin sofort, daß Geschäftsangelegenheiten besprochen werden sollten. Es war dies auch in der That für sie selbst nothwendig, denn Mistreß Grantly mußte nun erfahren, daß der Familientractat nicht ratificirt werden könne. Lord Lufton lehnte das Bündniß ab, und seiner armen Mutter fiel nun die unangenehme Aufgabe zu, dies zu erklären.

„Ihre Ankunft in London ist eine ziemlich unerwartete," sagte Lady Lufton, sobald ihre Freundin auf dem Sopha Platz genommen.

„Ja, allerdings. Ich erhielt erst heute Morgen von meinem Gatten einen Brief, welcher meine Herreise unbedingt nothwendig machte."

„Es handelte sich doch nicht um schlimme Nachrichten, hoffe ich?" sagte Lady Lufton.

„Nein; schlimme Nachrichten kann ich es nicht nennen, aber, meine werthe Lady Lufton, die Dinge gestalten sich nicht immer gerade so, wie man es haben möchte."

„Ja, das ist wahr," sagte Mylady, indem sie bedachte, daß sie Mistreß Grantly bei dieser gegenwär= tigen Unterredung die Neuigkeit, welche fortwährend ihre Gedanken beschäftigte, mittheilen müsse. Sie wollte indessen erst Mistreß Grantly ihre Geschichte erzählen lassen, und ahnte vielleicht, daß dieselbe mit der ihrigen in Zusammenhang stände.

„Meine arme gute Griselda!" hob Mistreß Grantly fast mit einem Seufzer an, „ich brauche Ihnen nicht zu sagen, Lady Lufton, welche Hoffnungen ich in Bezug auf meine Tochter hegte."

„Hat sie Ihnen vielleicht gesagt" —

„Sie würde sich sofort gegen Sie ausgesprochen haben, und es wäre eigentlich auch ihre Pflicht gewesen, dies zu thun, aber sie war schüchtern, was übrigens auch nicht zu verwundern war. Auch war es ihre Pflicht, erst ihren Vater und mich zu sprechen, ehe sie einen bestimmten Entschluß faßte. Nun aber kann ich sagen, daß die Sache entschieden ist."

„Was meinen Sie für eine Sache?" fragte Lady Lufton.

„Natürlich kann Niemand im Voraus sagen, wie dergleichen Dinge sich gestalten," fuhr Mistreß Grantly fort, indem sie mehr um den Busch herum ging, als nöthig war. „Der theuerste Wunsch meines Herzens war, Griselda mit Lord Lufton vermählt zu sehen. Ich hätte sie so gern in unsrer Nähe behalten, und übrigens würde eine solche Partie auch meinen Ehrgeiz vollkommen zufriedengestellt haben."

"Ja, das glaube ich selbst!"

Lady Lufton sagte dies nicht laut, aber sie dachte es. Mistreß Grantly sprach von einer Heirath zwischen ihrer Tochter und Lord Lufton, als ob sie durch die Genehmigung derselben einen gewissen Grad christlicher Mäßigung bewiesen haben würde. Griselda Grantly war ein sehr nettes Mädchen, konnte aber — so dachte Lady Lufton in diesem Augenblick — ihrem Werthe nach auch leicht zu hoch angeschlagen werden.

"Meine liebe Mistreß Grantly," sagte Lady Lufton, "seit einigen Tagen habe ich einsehen gelernt, daß unsere beiderseitigen Hoffnungen in dieser Beziehung keine Aussicht auf Verwirklichung haben. Mein Sohn — doch vielleicht ist es nicht nöthig, die Sache weiter auseinander zu setzen. Wären Sie nicht selbst gekommen, so hätte ich an Sie geschrieben — wahrscheinlich heute noch. Was auch das Schicksal der guten Griselda im Leben sein möge, so hoffe ich aufrichtig, daß sie glücklich sei."

"Und ich glaube, sie wird es sein," sagte Mistreß Grantly im Tone großer Selbstzufriedenheit.

"Wie — ist vielleicht" —

„Lord Dumbello hat neulich bei Gelegenheit von
Miß Dunstable's Abendgesellschaft um Griselda's Hand
angehalten," sagte Mistreß Grantly, indem sie die
Augen auf den Boden heftete und plötzlich ein schüch=
ternes Wesen annahm. „Lord Dumbello hat gestern
Abend und auch heute Morgen mit meinem Gatten
gesprochen, und ich glaube, er befindet sich in diesem
gegenwärtigen Augenblick in unserer Wohnung.

„Ah so!" sagte Lady Lufton.

Sie hätte Welten darum gegeben, wenn sie in
diesem Augenblick Selbstbeherrschung genug besessen
hätte, um in ihrem Ton und Wesen unbedingte Freude
über diese Mittheilung an den Tag zu legen. Aber
sie besaß nicht so viel Selbstbeherrschung und war sich
ihres eigenen Mangels peinlich bewußt.

„Ja," sagte Mistreß Grantly. „Es ist Alles in
so weit abgemacht, und da ich weiß, wie freundlich
Sie sich für die gute Griselda interessiren, so hielt ich
es für meine Pflicht, Sie ohne Verzug davon zu unter=
richten. Nichts kann biederer und ehrenhafter sein,
als Lord Dumbello's Verhalten, und die Partie ist,
im Ganzen betrachtet, von der Art, daß ich und mein
Gatte damit nur zufrieden sein können."

„Es ist allerdings eine große Partie," sagte Lady
Lufton. „Haben Sie schon Lady Hartletop, Lord Dum=
bello's Mutter, gesprochen?"

Lady Hartletop war durchaus nicht als eine an=
genehme Connexion zu betrachten, dennoch aber war
dies das einzige in gewissem Grade als mißbilligend
zu betrachtende Wort, welches Lady Lufton sich ent=
schlüpfen ließ, und sie benahm sich im Ganzen genom=
men nach meiner Ansicht sehr gut.

„Lord Dumbello ist so vollständig sein eigener
Herr, daß es nicht nothwendig gewesen ist," sagte
Mistreß Grantly. „Sein Vater ist davon unterrichtet,
und mein Gatte wird ihn entweder morgen oder über=
morgen sprechen."

Es blieb Lady Lufton weiter Nichts übrig, als
ihrer Freundin Glück zu wünschen, und sie that dies
in Worten, welche vielleicht nicht ganz aufrichtig, dabei
aber doch nicht schlecht gewählt waren.

„Ich hoffe, daß Griselda sehr glücklich sein werde,"
sagte Lady Lufton, „und daß das Bündniß Ihnen
und ihrem Vater zur Freude gereichen möge. Die
Stellung, welche sie sonach berufen ist, auszufüllen,
ist eine sehr glänzende, aber nicht glänzender, als ihren
ausgezeichneten Eigenschaften angemessen ist."

Dies war sehr edelmüthig gesprochen, und Mistreß
Grantly fühlte es. Sie hatte erwartet, daß ihre Mit=
theilung mit kalter Höflichkeit aufgenommen werden
würde, und war vollkommen bereit, da nöthig, einen
Kampf aufzunehmen. Sie wünschte aber den Krieg

durchaus nicht und war daher der Lady für ihre Herz=
lichkeit fast dankbar.

„Meine werthe Lady Lufton," sagte sie, „es ist
so freundlich von Ihnen, dies zu sagen. Ich habe
bis jetzt noch Niemanden Etwas davon gesagt, und
wollte es auch nicht eher thun, als bis Sie es wüßten.
Niemand hat meine Tochter so gut gekannt und so gut
verstanden, wie Sie, und ich kann Ihnen versichern,
daß es Niemanden giebt, dessen Freundschaft sie in
ihrer neuen Sphäre nur mit halb so viel Vergnügen
entgegensehen würde, wie der Ihrigen."

Lady Lufton sagte weiter nicht viel. Sie konnte
nicht erklären, daß sie von einer vertrauten Bekannt=
schaft mit der künftigen Marquise von Hartletop viel
Genuß erwartete. Die Hartletops und die Luftons
mußten, wenigstens noch diese Generation, in getrenn=
ten Welten leben, und sie hatte nun Alles gesagt,
was ihre alte Bekanntschaft gegen Mistreß Grantly
verlangte.

Diese verstand dies Alles eben so gut, wie Lady
Lufton, war aber eine weit gewandtere Weltdame.

Es ward besprochen, daß Griselda für diese Nacht
noch unter Lady Lufton's Dach zurückkehren, mit dem
morgenden Tage aber ihr Besuch sein Ende erreichen
sollte.

„Mein Gatte glaubt, daß es am Besten sein
werde, wenn ich vor der Hand in London bleibe,"
sagte Mistreß Grantly, „und unter den jetzt obwalten=
den sehr eigenthümlichen Umständen wird Griselda viel=
leicht bei mir am Besten aufgehoben sein." *may be.*

Hiermit war Lady Lufton vollkommen einver=
standen, und sie schieden somit als ganz vortreffliche
Freundinnen, nachdem sie einander auf die liebreichste
Weise umarmt hatten.

Griselda kam für diesen Abend zu Lady Lufton
zurück, und diese hatte sonach die fernerweite Aufgabe,
auch ihr Glück zu wünschen.

Diese Aufgabe war unangenehmer, als die erste,
besonders weil die Sache jetzt im Voraus überlegt
werden mußte.

Der vortreffliche gesunde Menschenverstand der
jungen Dame und ihre sonstigen guten Eigenschaften
machten jedoch diese Aufgabe zu einer verhältnißmäßig
leichten.

Griselda weinte nicht, sie ward nicht leidenschaft=
lich, sie bekam keine Krämpfe, sie verrieth keine Ge=
müthsbewegung. Sie sprach nicht ein Mal von ihrem
edlen Dumbello. Sie nahm Lady Lufton's Küsse fast
schweigend hin, dankte ihr für ihre Güte und machte
auf ihre glänzende Zukunft keinerlei Anspielung.

„Ich möchte heute Abend etwas zeitig schlafen gehen," sagte sie, „da ich ja noch das Einpacken zu besorgen habe."

„Die Richards wird dies Alles besorgen, liebes Kind."

„Ja, ich weiß es wohl, und die Richards ist sehr gut und dienstfertig. Meine Kleider möchte ich aber lieber selbst einpacken."

Und somit ging sie zeitig zu Bett.

Während der nächsten zwei Tage bekam Lady Lufton ihren Sohn nicht zu sehen, als er aber am dritten kam, sagte sie ihm natürlich einige Worte über Griselda.

„Hast Du die Neuigkeit schon gehört, Ludovic?" fragte sie.

„Ja wohl, es wird in allen Clubs davon ge= sprochen."

„Nun, Du hast auf jeden Fall Nichts dabei verloren."

„Du auch nicht, Mutter; dies wirst Du selbst wissen. Sage, daß Du es nicht bedauerst — sage es um meinetwillen, liebe Mutter. Fühlst Du nicht in Deinem innersten Herzen, daß sie nicht geschaffen war, als mein Weib glücklich zu sein — oder mich glücklich zu machen?"

„Es ist möglich, daß Du Recht haſt," ſagte Lady
Luſton ſeufzend.

Und dann küßte ſie ihren Sohn und ſagte ſich
ſelbſt, daß kein Mädchen in England gut genug für
ihn ſei.

Siebentes Kapitel.

Der Lachsfang in Norwegen.

Lord Dumbello's Verlobung mit Griselda Grantly war während der nächsten zehn Tage das Stadtgespräch, wenigstens bildete sie einen der beiden Gegenstände, welche jetzt die allgemeine Aufmerksamkeit ausschließlich in Anspruch nahmen, denn der andere war das zuerst von Tom Towers in Miß Dunstable's Abendgesellschaft in Umlauf gesetzte Gerücht hinsichtlich einer angedrohten Auflösung des Parlaments.

Lord Lufton hing immer noch mit unverbrüchlicher Liebe an Lucy Robarts. Hätte er geglaubt, daß irgend ein Dumbello diese Festung belagere, so würde sein Zorn darüber sich auf ganz andere Weise kundgegeben haben, als er sich in Bezug auf Griselda's Bündniß mit Lord Dumbello aussprach.

Hierüber konnte er unbefangen und heiter scherzen; hätte er aber etwas Aehnliches in Bezug auf Lucy gehört, so wäre dann von Scherz keine Rede gewesen, und ich bezweifle, daß es nicht sogar nachtheilig auf seinen Appetit eingewirkt hätte.

„Mutter," sagte er zu Lady Lufton, einige Tage, nachdem Griselda's Verlobung bekannt geworden, „ich gehe nach Norwegen auf den Fischfang."

„Nach Norwegen — auf den Fischfang?"

„Ja, wir haben eine gemüthliche kleine Gesellschaft zusammengebracht. Clontarf geht mit und Culpepper."

„Wie? Dieser entsetzliche Mensch?"

„Auf den Fischfang versteht er sich vortrefflich. Wir sind im Ganzen unser Sechs, und heute über acht Tage brechen wir auf."

„Das ist aber sehr schnell, Ludovic."

„Ja, es ist schnell, aber wir sind London's über= drüssig. Ich würde dennoch nicht so bald schon gehen, Clontarf und Culpepper sagen aber, die Saison finge dieses Jahr sehr zeitig an. Ich muß auch erst ein Mal nach Framley, ehe wir abreisen — wegen meiner Pferde — und deßhalb kam ich eben, um Dir zu sagen, daß ich morgen dort sein werde."

„Morgen in Framley! Wenn Du noch drei Tage warten könntest, so ginge ich auch mit."

Lord Lufton konnte aber nicht drei Tage warten.

Es ist möglich, daß er dieses Mal die Gegenwart seiner
Mutter in Framley, während er dort war, nicht wünschte,
und da er glaubte, seine Befehle wegen seines Stalles,
wenn er allein wäre, ungenirter ertheilen zu können.
Jedenfalls lehnte er ihre Begleitung ab und reis'te am
nächstfolgenden Morgen wirklich allein nach Framley.

„Mark," sagte Fanny, indem sie gegen Mittag
in das Studirzimmer ihres Gatten geeilt kam, „Lord
Lufton ist da. Hast Du es schon gehört?"

„Wie? Hier in Framley?"

„Er ist drüben in Framley Court, so sagen die
Diener. Man hat ihn mit einigen seiner Pferde auf
der kleinen Wiese gesehen. Willst Du nicht zu ihm
hinübergehen?"

„Ja wohl, versteht sich," sagte Mark, indem er
sofort seine Papiere zusammenschob. „Lady Lufton
kann nicht auch dasein, und wenn er allein ist, so wird
er wahrscheinlich zu uns zu Tische kommen."

„Das weiß ich doch nicht," sagte Fanny und
dachte an die arme Lucy.

„Er ist durchaus nicht wählerisch. Was für uns
gut genug ist, das ist es auch für ihn. Jedenfalls
werde ich ihn einladen."

Und ohne weiter ein Wort zu sagen, nahm der
Vicar seinen Hut und ging, um seinen Freund aufzu=
suchen.

Lucy Robarts war zugegen gewesen, als der Gärt=
ner die Nachricht von Lord Lufton's Ankunft in Framley
überbracht hatte, und wußte, daß Fanny gegangen war,
um ihren Gatten davon zu unterrichten.

„Er wird doch nicht hierher kommen, wie?" fragte
sie, sobald Fanny wieder in das gemeinschaftliche Wohn=
zimmer trat.

„Ich weiß es nicht," sagte Fanny. „Ich hoffe
es nicht. Er sollte es nicht thun, und ich glaube auch
nicht, daß er es thun wird. Aber Mark sagt, er werde
ihn zum Diner einladen."

„Dann, Fanny, muß ich mich krank stellen. Einen
andern Ausweg giebt es nicht."

„Ich glaube nicht, daß er kommen wird. Ich
glaube nicht, daß er so grausam sein kann. Ich bin
sogar überzeugt, daß er nicht kommt, aber doch hielt
ich es für meine Pflicht, es Dir zu sagen."

Lucy hielt es selbst für unwahrscheinlich, daß
Lord Lufton unter den gegenwärtigen Umständen in
das Pfarrhaus kommen würde, und nahm sich fest vor,
wenn er doch käme, nicht bei Tische zu erscheinen.
Nichtsdestoweniger aber war der Gedanke, daß er in
Framley sei, ihr vielleicht nicht ganz unangenehm.

„Wenn er kommt, Fanny," sagte sie nach einer
Pause in feierlichem Tone, „so muß ich auf meinem
Zimmer bleiben und Mark denken lassen, was ihm

beliebt. Es wird für mich besser sein, wenn ich allein
auf meinem Zimmer eine Närrin bin, als in seiner
Gegenwart im Gesellschaftszimmer."

Mark Robarts nahm Hut und Stock und ging
sofort hinüber nach der ihm wohlbekannten kleinen
Wiese, wo Lord Lufton mit den Pferden und Stall=
knechten beschäftigt war.

Der Vicar befand sich gerade jetzt auch nicht in
überaus heiterer Gemüthsstimmung, denn seine Corre=
spondenz mit Mr. Tozer ward immer lebhafter. Er
hatte von diesem unermüdlichen Manne Nachricht er=
halten, daß gewisse, schon längst gefällige Wechsel in
der Bank von Barchester lägen. Eine Verkettung
von gewissen eigenthümlichen, unglücklichen Umständen
machte es unumgänglich nothwendig, daß Mr. Tozer
ohne ferneren Zeitverlust die verschiedenen Summen
wieder erhielte, welche er auf Mr. Robarts' Namen
zu verschiedenen Zeiten vorgeschossen. Absolute Dro=
hungen wurden nicht ausgesprochen, und eigenthüm=
licherweise auch kein festbestimmter Betrag genannt.

Der Vicar konnte jedoch dabei nicht umhin, mit
schmerzlich genauer Aufmerksamkeit zu bemerken, daß
nicht von einem längst fälligen Wechsel, sondern von
längst fälligen Wechseln die Rede war.

Wenn nun Tozer die sofortige Bezahlung von
neunhundert Pfund verlangte?

Bis jetzt hatte er blos an Mr. Sowerby geschrie=
ben und diesen Morgen wieder eine Antwort von ihm
zu erhalten erwartet, aber bis jetzt war ihm noch keine
solche Antwort zugegangen. Demzufolge befand er
sich im gegenwärtigen Augenblick nicht auf besonders
heiterer Laune.

Es dauerte nicht lange, so war er bei Lord Lufton
und den Pferden. Vier oder fünf derselben wurden
langsam auf der Wiese hin= und hergeführt und die
Decken heruntergenommen, damit ihr Herr sie genauer
in Augenschein nehmen könnte.

Obschon aber Lord Lufton auf diese Weise sein
Werk zu verrichten suchte, that er es doch nicht mit
ganzem Herzen, wie der Oberstallknecht recht wohl be=
merkte. Er war mit seinen Gäulen unzufrieden und
schien sie, nachdem er gethan, als sähe er sie an, nicht
schnell genug wieder aus den Augen bekommen zu können.

„Wie geht Dir's, Lufton?" sagte Robarts, sich
ihm nähernd. „Ich hörte, daß Du da wärst, und bin
daher sofort herübergeeilt."

„Ja, ich bin erst diesen Morgen angekommen und
würde Dich nun unverweilt besucht haben. Ich will auf
ungefähr sechs Wochen nach Norwegen gehen und, wie
ich erfahren, finden sich die Fische dieses Jahr so früh=
zeitig ein, daß wir unverweilt aufbrechen müssen. Ich
habe Etwas mit Dir zu besprechen, ehe ich fortgehe,

und es ist dies hauptſächlich das, was mich bewogen
hat, erſt noch ein Mal hierher zu kommen.“

Es ward dies Alles in einem eiligen und durch=
aus nicht unbefangenen Tone geſagt, welcher dem Vicar
auffiel und ihn auf den Gedanken brachte, daß die
Sache, von welcher geſprochen werden ſollte, nicht an=
genehm zu discutiren ſein werde. Er wußte ja nicht,
ob vielleicht Lord Luſton ſelbſt bei Tozer und bei den
Wechſeln die Hand mit im Spiele gehabt hatte.

„Du wirſt heute bei uns ſpeiſen,“ ſagte er, „wenn
Du, wie ich glaube, allein biſt.“

„Ja, ich bin ganz allein.“

„Dann wirſt Du kommen?“

„Das weiß ich noch nicht beſtimmt. Ich glaube
in der That, ich werde nicht kommen können. Mache
mir kein böſes Geſicht. Ich will Dir die ganze Sache
erklären.“

Was konnte vorgegangen ſein, und wie war es
möglich, daß Tozer’s Wechſel zum Hinderniß für Lord
Luſton ward, mit im Pfarrhauſe zu ſpeiſen?

Der Vicar ſagte indeſſen Nichts weiter über dieſen
Gegenſtand, ſondern wendete ſich ab, um die Pferde
anzuſehen.

„Es ſind ſehr ſchöne Thiere,“ ſagte er.

„Nun ja, ich weiß es nicht. Wenn man vier
oder fünf Pferde anzuſehen hat, ſo weiß man nicht,

welchem man den Vorzug geben soll. Die kastanien=
braune Stute ist jetzt, wo Niemand sie haben will, ein
wahres Bild. Führe sie nun wieder hinein, Pounce.
Es ist gut so."

„Wollen Sie nicht ein Mal den schönen alten
Rappen ansehen?" fragte Pounce, der Oberstallbursche,
in wehmüthigem Tone. „Es ist ein schönes Pferd, Sir,
schön wie die Jugend."

„Die Wahrheit zu gestehen, finde ich diese Pferde
zu schön. Es ist gut so, führe sie wieder hinein. Und
nun, Mark, wenn Du Zeit hast, wollen wir eine Runde
um den Wald machen."

Mark hatte natürlich Zeit, und so traten sie ihren
Gang an.

„Ich glaube, mit Deinem Stalle machst Du ein
Wenig zu viel Umstände," hob Robarts wieder an.

„Ach laß jetzt den Stall Stall sein," sagte Lord
Lufton. „Ich muß Dir sagen, daß ich nicht daran
denke, Mark," hob er dann nach einer kurzen Pause
plötzlich wieder an. „Ich wünsche, daß Du ganz auf=
richtig gegen mich seiest. Hat Deine Schwester jemals
von mir gesprochen?"

„Meine Schwester? Meinst Du Lucy?"

„Ja, ich meine Lucy."

„Nein, niemals; wenigstens nichts Specielles,
Nichts, was mir in diesem Augenblicke einfiele."

„Fanny, Deine Frau, auch nicht?"

„Ob diese von Dir gesprochen hat — Fanny? Freilich hat sie es, aber auf ganz gewöhnliche Weise. Es wäre unmöglich, daß sie es nicht thäte. Aber was willst Du eigentlich sagen?"

„Hat Keine von Beiden Dir gesagt, daß ich Deiner Schwester einen Heirathsantrag gemacht habe?"

„Daß Du Lucy einen Heirathsantrag gemacht hast?"

„Ja, daß ich Lucy einen Heirathsantrag gemacht habe."

„Nein, davon hat mir Niemand Etwas gesagt. Ich habe mir nie so Etwas träumen lassen, und mit meiner Frau und meiner Schwester wird dies, glaube ich, derselbe Fall sein. Wenn irgend Jemand ein solches Gerücht ausgesprengt oder gesagt hat, daß Fanny oder Lucy so Etwas nur angedeutet hätten, so ist es eine elende Lüge. Gütiger Himmel, Lufton, wofür hältst Du uns?"

„Aber ich habe es wirklich gethan," sagte der Lord.

„Was hast Du denn gethan?" fragte der Vicar.

„Ich habe Deiner Schwester wirklich einen Hei= rathsantrag gemacht."

„Du hast Lucy einen Heirathsantrag gemacht?"

„Ja wohl, in den deutlichsten, klarsten Worten."

„Und welche Antwort gab sie Dir?"

„Sie wies mich ab. Und jetzt, Mark, bin ich in der ausdrücklichen Absicht hierher gekommen, diesen Antrag zu wiederholen. Nichts konnte entschiedener sein, als die Antwort Deiner Schwester, ja dieselbe war fast unhöflich entschieden. Dennoch aber ist es möglich, daß sie auf Umstände Gewicht gelegt hat, worauf sie keins hätte legen sollen. Wenn sie ihre Liebe nicht einem Andern geschenkt hat, so habe ich viel= leicht immer noch Aussicht darauf. Es ist die alte Geschichte von dem schüchternen Herzen, weißt Du. Wenigstens bin ich gesonnen, mein Glück nochmals zu versuchen, und nachdem ich mir die Sache reiflich über= legt, bin ich zu dem Schlusse gekommen, daß ich erst mit Dir sprechen muß, ehe ich mich nochmals an Lucy wende.“

„Lord Lufton liebt Lucy!“ sagte Mark bei sich selbst und fragte sich dann, wie dies möglich sei. Seiner Ansicht nach war seine Schwester Lucy ein sehr schlichtes Mädchen — allerdings nicht häßlich, aber keineswegs schön; allerdings nicht dumm, aber auch keineswegs sehr geistreich. Und dann hätte er geglaubt, daß von allen Männern, die er kannte, Lord Lufton der Letzte sein würde, der sich in ein solches Mädchen verliebte.

Und übrigens, was sollte er sagen oder thun? Welche Ansicht war er verpflichtet zu hegen?

Auf der einen Seite stand Lady Lufton, welcher

er Alles verdankte. Wie war es ihm möglich, nur wenige Schritte von ihrem Schlosse entfernt zu leben, wenn er sich dazu verstand, Lord Lufton als den Freier seiner Schwester anzuerkennen?

Allerdings wäre es eine große Partie für Lucy gewesen, aber er konnte sich nicht an den Gedanken gewöhnen, daß Lucy in der That die absolut herrschende Königin von Framley Court würde.

„Glaubst Du, daß Fanny Etwas davon weiß?" fragte er nach einer Weile.

„Ich kann es nicht sagen. Wenn sie Etwas weiß, so ist mir dies doch unbekannt. Ich sollte meinen, diese Frage könntest Du selbst am Besten beantworten."

„Nein, ich kann sie gar nicht beantworten," entgegnete Mark. „Ich für meine Person habe nicht die entfernteste Idee von so Etwas."

„Deine Ideen brauchen jetzt durchaus nicht entfernt zu sein," entgegnete Lord Lufton lächelnd, „und Du kannst es vielmehr als Thatsache betrachten. Ich habe Lucy wirklich einen Heirathsantrag gemacht; ich ward abgewiesen, ich stehe aber jetzt im Begriff, meinen Antrag zu wiederholen, und weihe Dich in mein Vertrauen ein, damit Du, als Lucy's Bruder und mein Freund, mir den in Deinen Kräften stehenden Beistand leihest."

Sie gingen hierauf einige Schritte schweigend weiter, worauf Lord Lufton hinzusetzte:

„Und nun will ich heute bei Dir diniren, wenn Du es wünschest."

Mr. Robarts wußte nicht, was er sagen sollte. Er wußte nicht, welche Antwort die Pflicht von ihm verlangte. Er hatte nicht das Recht, sich zwischen seine Schwester und eine solche Heirath zu stellen, wenn sie selbst dieselbe wünschte, aber dennoch hatte dieser Gedanke etwas Schreckliches. Mark konnte nicht umhin, zu glauben, daß ein solches Project ein gefähr= liches sei und ganz gewiß für sie Alle einen schlimmen Ausgang nehmen müsse.

Was würde Lady Lufton dazu sagen?

Dies war ohne Zweifel die Hauptquelle seiner Furcht.

„Hast Du schon mit Deiner Mutter darüber ge= sprochen?" fragte er.

„Mit meiner Mutter? Nein. Was soll ich mit ihr sprechen, so lange ich mein Schicksal selbst noch nicht kenne? So lange noch eine Wahrscheinlichkeit vorhanden ist, daß man einen Korb bekommt, spricht man nicht gern viel von solchen Dingen. Dir sage ich es, weil ich mich nicht unter einem falschen Vor= wand in Dein Haus einschleichen mag."

„Aber was wird Lady Lufton sagen?"

„Ich halte es für wahrscheinlich, daß sie anfangs
sich mißfällig darüber aussprechen wird. Binnen vier=
undzwanzig Stunden jedoch hätte sie sich mit dem
Project ausgesöhnt, und nach einigen Wochen wäre
Lucy ihr liebster Favorit und Premierminister aller
ihrer Machinationen. Du kennst meine Mutter nicht,
wie ich sie kenne. Sie würde den Kopf hergeben,
wenn sie wüßte, daß mir dies Freude machte."

„Und aus diesem Grunde," sagte der Vicar,
„solltest Du womöglich ihr Freude machen."

„Aber ich kann doch nicht eine von ihr für mich
gewählte Frau nehmen, wenn dieselbe mir nicht gefällt,"
sagte Lord Lufton.

Die beiden Freunde gingen noch etwa eine Stunde
lang im Garten hin und her, kamen aber kaum über
den Punkt hinaus, bis zu welchem wir ihr Gespräch
verfolgt haben.

Der Vicar konnte augenblicklich zu keinem Ent=
schluß kommen, und ebensowenig war er, wie er Lord
Lufton mehr als ein Mal sagte, überzeugt, daß Lucy
sich nach dem, was er ihr vielleicht sagte, richten würde.

Man verabredete demgemäß endlich, daß Lord
Lufton unmittelbar nach dem Frühstück am nächstfol=
genden Morgen in das Pfarrhaus kommen sollte. Eben
so kam man überein, heute lieber nicht gemeinschaftlich
zu diniren, und der Vicar versprach, womöglich bis

zum nächstfolgenden Morgen mit sich über den Rath einig geworden zu sein, den er seiner Schwester geben wollte.

Nachdem auf diese Weise eine vorläufige Bestimmung getroffen worden, kehrte der Vicar nach Hause zurück und fühlte, daß er, so lange er nicht Fanny zu Rathe gezogen, gänzlich im Dunkeln tappte.

Zu Hause angelangt, suchte er daher unverweilt seine Gattin auf und erfuhr binnen fünf Minuten wenigstens so viel, als sie selbst wußte.

„Und Du meinst, Fanny, Lucy liebe ihn?" fragte er.

„Ja, ganz gewiß, und ist es etwa nicht natürlich? Als ich die Beiden so oft beisammen sah, fürchtete ich gleich, daß Lucy sich in den jungen Lord verlieben würde, aber niemals hätte ich geglaubt, daß auch er sich für sie interessirte."

Selbst in Fanny's Augen besaß Lucy nicht die Hälfte der anziehenden Eigenschaften, womit sie doch von der Natur ausgestattet war. Nachdem die beiden Gatten sich eine Stunde lang mit einander unterredet, ließen sie Lucy bitten, zu ihnen zu kommen.

„Tante Lucy," sagte ein rothbäckiger kleiner Schelm in Lucy's Zimmer tretend, „Papa und Mama wollen mit Dir sprechen, aber ich soll nicht hineinkommen."

Lucy küßte den Knaben und fühlte, wie ihr das Blut rasch nach dem Herzen zurückströmte.

„Du sollst nicht mit hineinkommen?" sagte sie und hätschelte den Kleinen noch eine Weile, blos weil sie nicht ein Mal ihm zu verrathen wünschte, daß sie sich kaum länger zu beherrschen vermochte. Sie wußte, daß Lord Luston in Framley war, sie wußte, daß ihr Bruder bei ihm gewesen, sie wußte, daß man davon gesprochen, er werde zu Tische kommen. War es möglich, daß er mit Mark von dem Antrage gesprochen, den er ihr gemacht?

Und sie bückte sich nochmals, um den Knaben zu küssen, strich sich das Haar glatt und ging dann langsam in das Zimmer ihres Bruders hinunter.

Ihre Hand ruhte einige Secunden lang auf dem Thürschloß, ehe sie öffnete, aber sie hatte sich vor= genommen, möchte kommen, was da wollte, muthig und tapfer zu sein.

Sie stieß die Thür auf und trat mit kühner Stirn, weitgeöffneten Augen und langsamem Schritt hinein.

„Frank sagt, Ihr wünschtet mich zu sprechen," sagte sie.

Mark und Fanny standen mit einander am Kamin, und Jedes wartete einige Secunden, um das Andere zuerst sprechen zu lassen, bis endlich Fanny begann:

„Lord Lufton ist da, Lucy."

„Da? Wo denn? Hier bei uns im Hause?"

„Nein, nicht bei uns im Hause, sondern drüben in Framley Court," sagte Mark.

„Und er will morgen nach dem Frühstück uns besuchen," setzte Fanny hinzu.

Hier trat wieder eine Pause ein.

Fanny wagte kaum, Lucy in's Gesicht zu sehen. Sie hatte ihr Vertrauen nicht verrathen, denn das Geheimniß war Mark nicht von ihr, sondern von Lord Lufton mitgetheilt worden, aber sie konnte nicht umhin, zu fühlen, daß Lucy glauben würde, sie habe es verrathen.

„Nun schön," sagte Lucy, indem sie zu lächeln versuchte; „ich habe durchaus Nichts dagegen."

„Aber, liebe Lucy," sagte Fanny, indem sie ihre Schwägerin liebkosend umschlang, „er kommt ausdrücklich, um Dich zu sehen."

„Ah, das ist allerdings etwas Anderes, und ich fürchte, ich werde beschäftigt sein und ihn nicht sprechen können," entgegnete Lucy.

„Er hat Mark Alles gesagt," hob Fanny wieder an.

Lucy fühlte, daß ihr Muth ihr fast untreu ward. Sie wußte kaum, wohin sie sehen oder wie sie stehen sollte.

Hatte Fanny auch Alles gesagt? fragte sie sich. Fanny wußte so Vieles, wovon Lord Lufton Nichts wissen konnte.

Fanny hatte aber in der That Alles erzählt — die ganze Geschichte von Lucy's Liebe, und sie hatte auch die Gründe erwähnt, welche Lucy bewogen, ihren Freier abzuweisen, und dies hatte sie in Worten gethan, welche, wenn Lord Lufton dieselben gehört hätte, die Flamme seiner Leidenschaft noch viel höher angefacht haben würden.

„Ja," sagte Mark, „er hat mir Alles gesagt und er wird morgen früh zu uns kommen, um eine Antwort von Dir selbst zu empfangen."

„Was für eine Antwort?" fragte Lucy zitternd.

„Aber wer anders soll das wissen, als Du selbst?" sagte Fanny, die Zitternde fest an sich drückend. „Das mußt Du selbst sagen."

Fanny hatte bei ihrer langen Unterredung mit ihrem Gatten durchweg Lucy's Partei genommen. Sie hatte gesagt, wenn Lord Lufton auf seinem Vorsatz beharrte und seinen Antrag wiederholte, so hätten sie nicht das Recht, blos um Lady Lufton zu gefallen, Lucy Dessen zu berauben, was sie selbst errungen.

„Die Lady," sagte Mark, „wird aber glauben, wir hätten complottirt und intriguirt. Sie wird uns unbankbar nennen und Lucy das Leben zur Hölle machen."

Hierauf hatte Fanny geantwortet, dies Alles müsse man Gott anheimstellen. Sie hätten nicht complottirt oder intriguirt. Lucy habe, obschon sie den Mann in ihrem innersten Herzen geliebt, denselben doch schon ein Mal zurückgewiesen, weil sie nicht wolle, daß man von ihr dächte, sie habe nach ihm geangelt.

„Ich weiß aber nicht, was Lord Lufton will," sagte Lucy, indem sie die Augen zu Boden schlug und immer heftiger zitterte. „Er hat mich schon ein Mal gefragt, und ich habe ihm geantwortet."

„Und soll diese Antwort Dein letztes Wort sein?" fragte Mark etwas grausam, denn Lucy wußte ja noch nicht, daß ihr Anbeter seinen Antrag wiederholt hatte.

Fanny beschloß jedoch, daß keinerlei Ungerechtig= keit geübt werden sollte, und deßhalb erzählte sie die Geschichte weiter.

„Wir wissen," sagte sie, „daß Du Lord Lufton eine Antwort gegeben hast, liebe Lucy; die Männer lassen sich aber bei dergleichen Fragen zuweilen nicht mit einer einzigen Antwort abfertigen. Lord Lufton hat Mark gesagt, er werde seinen Antrag wiederholen, und er ist ausdrücklich in dieser Absicht hierher gekommen."

„Und Lady Lufton," sagte Lucy fast flüsternd, und

indem sie ihr Gesicht immer noch an der Schulter der Freundin barg.

„Lord Lufton hat mit seiner Mutter noch nicht darüber gesprochen," sagte Mark, und Lucy gewann durch den Ton ihres Bruders sofort die Ueberzeugung, daß er wenigstens sich nicht freuen würde, wenn sie Lord Lufton ihr Jawort gäbe.

„Du mußt Dein eigenes Herz entscheiden lassen, liebe Lucy," sagte Fanny. „Mark und ich wissen, wie gut Du Dich benommen hast, denn ich habe ihm Alles gesagt."

Lucy schauderte und schmiegte sich fester an Fanny.

„Ich hatte keine andere Wahl als es ihm zu sagen," fuhr Fanny fort. „Es war so am Besten — meinst Du nicht auch? Lord Lufton weiß jedoch Nichts. Mark wollte ihn heute nicht hierher kommen lassen, weil es Dich aufgeregt und verlegen gemacht hätte, und weil er Dir Bedenkzeit geben wollte. Morgen früh aber kannst Du ihn sprechen — nicht wahr? — und ihm kann antworten."

Lucy stand vollkommen stumm da. Sie dankte im Stillen ihrer Schwägerin für ihre schwesterliche Liebe — für den Wunsch, ihr Glück zu fördern — aber dennoch lebte in ihrem Gemüth der feste Entschluß, Lord Lufton nicht glauben zu lassen, daß er als be= günstigter Anbeter empfangen werden würde. Ihre

Liebe war gewaltig, aber ihr Stolz war es auch, und sie vermochte es nicht über sich, die Verachtung zu ertragen, welche in Lady Lufton's Augen liegen würde.

„Seine Mutter wird mich verachten, und dann wird auch er mich verachten," sagte sie bei sich selbst und beschloß, bei ihrem früheren Vorsatz zu beharren.

„Sollen wir Dich jetzt gehen lassen, liebe Lucy, und morgen früh, ehe er kommt, wieder davon sprechen?" fragte Fanny.

„Ja, das wird am Besten sein," sagte Mark. „Überlege Dir Alles, wenn Du Dein Abendgebet gesprochen hast."

Er faßte sie in seine Arme, küßte sie mit einer Zärtlichkeit, die sonst nicht in seiner Art zu liegen pflegte, und fuhr dann fort:

„Ich muß Dir sagen, daß ich zu Deinem Urtheil und Gefühl vollständiges Vertrauen habe und daß ich Dir bei jedem Entschluß, den Du fassen magst, als Bruder zur Seite stehen werde. Fanny ist eben so wie ich der Meinung, daß Du Dich ganz vortrefflich benommen, und wir sind Beide überzeugt, daß Du thun wirst, was das Beste ist."

„Guter, bester Mark!" stammelte Lucy.

„Und nun wollen wir bis morgen früh Nichts weiter hierüber sprechen."

Lucy fühlte jedoch, daß dieses Schweigen bis den

andern Morgen eben so viel bedeuten würde, als wenn sie Lord Lufton's Antrag annähme. Fanny und Mark kannten nun Beide das Geheimniß ihres Herzens, und wenn sie, während dies der Fall war, Lord Lufton in der offen erklärten Absicht, seinen Antrag zu wieder= holen, hierher kommen ließ, so war es für sie unmög= lich, nicht nachzugeben. War sie ein Mal fest ent= schlossen, Lord Lufton zurückzuweisen, so war jetzt für sie der geeignete Augenblick, den Kampf zu beginnen und das Feld zu behaupten.

„Gehe noch nicht, Fanny, wenigstens jetzt noch nicht," sagte sie.

„Nun, was willst Du, liebe Lucy?"

„Ich wünsche, daß Du dableibst, während ich mit Mark spreche. Er darf Lord Lufton morgen nicht hierher kommen lassen."

„Er soll ihn nicht hierher kommen lassen?" wieder= holte Fanny.

Der Vicar sagte Nichts, fühlte aber, daß seine Schwester mit jeder Minute in seiner Achtung höher stieg.

„Nein," fuhr Lucy fort; „Mark muß ihn bitten, nicht zu kommen. Er wird selbst nicht wünschen, mir Schmerz zu bereiten, wenn es Nichts nützen kann. Sieh, Mark," sagte sie, ging auf ihren Bruder zu und legte ihre beiden Hände auf seinen Arm. „Ich

liebe Lord Lufton. Als ich ihn zuerst kennen lernte,
war mir jeder derartige Gedanke fremd. Ich liebe
ihn aber — ich liebe ihn innig, fast so innig, glaube
ich, wie Fanny Dich liebt. Du kannst ihm das sagen,
wenn Du es für angemessen hältst — ja, Du mußt
es ihm sogar sagen, sonst versteht er mich nicht. Dabei
aber sage ihm auch zugleich, daß ich ihn niemals hei=
rathen werde, wenn nicht seine Mutter selbst mich
dazu auffordert."

„Aber ich fürchte, dies wird sie nicht thun," be=
merkte Mark in bekümmertem Tone.

„Ich glaube es auch nicht," sagte Lucy, nun ihren
ganzen Muth wiedergewinnend. „Wenn ich es für
wahrscheinlich hielte, daß sie mich zu ihrer Schwieger=
tochter zu bekommen wünschte, so hätte ich nicht nöthig,
eine solche Bedingung zu stellen. Ich stelle dieselbe
eben, weil sie es nicht wünschen, weil sie mich als
eine unpassende Lebensgefährtin ihres Sohnes betrachten
wird. Sie würde mich hassen und verachten, und
dann würde auch er anfangen, mich zu verachten, und
vielleicht aufhören, mich zu lieben. Ich bitte Dich,
Mark, gleich jetzt zu ihm zu gehen und ihm dies aus=
einander=zu=setzen — insoweit es nothwendig ist. Sage
ihm, daß ich nur dann einwilligen werde, wenn seine
Mutter selbst mich auffordert. Da sie dies aber, wie
ich wohl weiß, nie thun wird, so soll er Alles, was

er gesprochen, als vergessen betrachten. Ich werde
Dasselbe thun."

So lautete Lucy's Ausspruch, und Mark und
Fanny waren von ihrer Festigkeit — Mark würde es
bei einer andern Gelegenheit Hartnäckigkeit genannt
haben — so fest überzeugt, daß Keins von Beiden
einen Versuch machte, sie auf andere Gesinnung zu
bringen.

„Nicht wahr, Du gehst noch heut' Nachmittag zu
ihm, Mark?" fragte sie, und Mark versprach es. Er
konnte nicht umhin, zu fühlen, daß ihm eine große
Last vom Herzen genommen war. Lady Lufton hörte
wahrscheinlich, daß ihr Sohn so thöricht gewesen, sich
in die Schwester des Vicars zu verlieben, unter den
obwaltenden Umständen aber konnte sie deßwegen weder
dem Vicar, noch seiner Schwester zürnen.

Lucy benahm sich gut, und Mark war stolz auf sie.

„Bis zum Diner werde ich mich wieder gefaßt
haben," sagte Lucy, als Fanny sich anschickte, mit ihr
das Zimmer zu verlassen. „Liebe Fanny, sei nicht
traurig — es ist dazu kein Grund vorhanden."

Der Vicar kehrte wirklich, nachdem er noch eine
Stunde mit seiner Gattin gesprochen, nach Framley
Court zurück und traf hier, nachdem er lange gesucht,
Lord Lufton, als derselbe zu einem späten Diner nach
Hause zurückkam.

„Wenn nicht meine Mutter sie selbst auffordert?“ sagte er, als die Geschichte ihm erzählt worden. „Das ist dummes Zeug. Du hast ihr doch gesagt, daß in dergleichen Dingen nicht auf diese Weise zu Werke gegangen zu werden pflegt?“

Der Vicar bemühte sich, ihm auseinander=zu=setzen, daß Lucy nicht den Gedanken ertragen könne, von der Mutter ihres Gatten mit scheelem Blick be=trachtet zu werden.

„Glaubt sie denn, daß meine Mutter eine beson=dere Abneigung gegen sie hege?“

„Nein, dies läßt sich wohl nicht geradezu anneh=men,“ entgegnete Mark. „Deine Mutter würde wahr=scheinlich aber denken, daß eine Ehe mit der Schwester eines Geistlichen für Dich eine Mésalliance wäre.“

„Davon kann nicht die Rede sein,“ entgegnete Lord Lufton, „denn sie wünschte ja vor einiger Zeit selbst, daß ich die Tochter eines Geistlichen heirathen möchte. Aber, Mark, es wäre höchst abgeschmackt, erst meine Mutter fragen zu wollen. In unserer Zeit heirathet ein Mann nicht, wie seine Mutter es ihm befiehlt.“

Mark konnte ihm hierauf blos versichern, daß Lucy bei Allem, was sie thäte, sehr fest sei, daß sie ihren Entschluß gefaßt, und daß sie Lord Lufton durchaus nicht zwingen wolle, mit seiner Mutter zu

sprechen, wenn er dies für unangemessen halte. Dies
half aber Alles Nichts.

„Sie liebt mich also?" fragte Lord Lufton.

„Ich für meine Person," antwortete Mark, „kann
nicht sagen, ob sie dies thut, oder nicht. Ich kann
blos ausrichten, was sie mir aufgetragen hat. Sie
wird auf Deinen Antrag nicht anders eingehen, als
wenn sie es auf Verlangen Deiner Mutter thun kann."

Und nachdem er dies nochmals gesagt, nahm er
Abschied und kehrte in das Pfarrhaus zurück.

Die arme Lucy begab sich, nachdem sie ihre Con=
ferenz mit so vieler Würde beendet, ihren Bruder voll=
kommen zufriedengestellt und jeden unmittelbaren Trost
von ihrer Schwägerin abgelehnt, auf ihr Schlafzimmer.
Sie hatte zu überlegen, was sie gesagt und gethan
hatte, und zu diesem Zwecke mußte sie allein sein.
Es war möglich, daß sie, wenn sie die Sache nochmals
überlegte, nicht so ganz mit sich zufrieden war, wie
ihr Bruder, dennoch blieb ihre würdevolle Standhaf=
tigkeit und Festigkeit ihr treu, bis sie ihr Zimmer
erreicht hatte.

Es giebt Thiere, welche, wenn ihnen Etwas fehlt,
sich zu verkriechen suchen, gleichsam als ob sie sich der
Schwäche ihres Leidens schämten. Ich glaube bemerkt
zu haben, daß alle stummen Thiere dies mehr oder

weniger thun, und in dieser Beziehung glich Lucy
einem stummen Thier.

Selbst in ihren vertraulichen Unterredungen mit
Fanny machte sie aus ihrem eigenen Unglück einen
Scherz und spottete über die Leiden ihres eigenen
Herzens. Jetzt aber, nachdem sie, ohne sich zu beeilen,
die Treppe hinaufgegangen war und langsam die Thür
verschlossen hatte, drehte sie sich herum, um in Schweigen und Einsamkeit zu leiden.

Sie setzte sich auf einen niedrigen Stuhl, der zu
Füßen ihres Bettes stand, warf den Kopf zurück, hielt
sich mit beiden Händen ihr Tuch über Augen und
Stirn und begann nachzudenken.

Sie begann nachzudenken, aber auch zu weinen,
denn die Thränen kamen unter dem Tuch hervorge-
rieselt, und leises Schluchzen ließ sich hören.

Hatte sie nicht alle Aussichten auf Glück von sich
geworfen? War es möglich, daß Lord Lufton noch
ein Mal — zum dritten Mal — sich ihr näherte?
Nein, es war nicht möglich. Schon die stolze Art
und Weise, auf welche sie ihn zum zweiten Male
zurückwies, machte dies unmöglich.

Lady Lufton konnte sich unmöglich herablassen,
sie aufzufordern, ihres Sohnes Weib zu werden.
Ihre Aussichten auf Glück, auf Glanz, auf Ehrgeiz,
auf Liebe waren nun alle dahin. Sie hatte Alles

geopfert — aber nicht der Tugend, sondern dem Stolz.

Und sie hatte nicht blos sich geopfert, sondern auch ihn. Als er das erste Mal hierher gekommen war, als sie über seinen ersten Besuch nachgedacht, hatte sie ihm kaum tiefe Liebe zutrauen können, jetzt aber — jetzt — jetzt ließ sich nicht bezweifeln, daß er sie wirklich liebte.

Nach seiner Saison in London, nachdem er seine Tage und Nächte mit Allem zugebracht, was schön war, hatte er sich wieder hier in diesem kleinen Dorf=pfarrhause eingefunden, um sich ihr wieder zu Füßen zu werfen.

Und sie — sie hatte sich geweigert, ihn zu spre=chen, obschon sie ihn von ganzem Herzen liebte; sie hatte sich geweigert, ihn zu sprechen, weil sie so feig und furchtsam war, nicht die mürrischen Blicke eines alten Weibes ertragen zu können.

„Ich komme sogleich hinunter," sagte sie, als Fanny endlich an die Thür pochte und um Einlaß bat. „Oeffnen kann ich nicht, liebe Fanny, aber in zehn Minuten bin ich bei Dir."

Und dies war sie auch, vielleicht nicht ohne daß für Fanny's erfahrene Augen Spuren von Thränen sichtbar gewesen wären, aber dennoch mit glatter Stirn und Herrschaft über ihre Stimme.

„Ich möchte wissen, ob sie ihn wirklich liebt," sagte Mark später am Abend zu seiner Gattin.

„Ob sie ihn liebt!" antwortete Fanny. „Ja wohl, thut sie das. Du darfst Dich nicht durch die ernste Ruhe ihres Benehmens irre leiten lassen. Nach meiner Ansicht ist sie ein Mädchen, welches fast vor Liebe sterben könnte."

Am nächstfolgenden Tage reis'te Lord Lufton wieder von Framley ab, um, wie er sich früher vorgenommen, nach Norwegen auf den Lachsfang zu gehen.

Achtes Kapitel.

Schlimme Aussichten.

Harold Smith war durch jenes Gerücht von einer Auflösung des Parlaments sehr beunruhigt worden; aber das Unglück, welches ihm daraus erwachsen, wäre wie Nichts gewesen im Vergleich mit dem, welches dann Mr. Sowerby getroffen hätte. Harold Smith verlor seinen Wahlflecken, oder verlor ihn nicht, Mr. Sowerby aber verlor seinen Wahlbezirk ohne Zweifel, und wenn er diesen verlor, so war dann für ihn Alles verloren.

Er war jetzt überzeugt, daß der Herzog ihm nicht wieder b istand, mochte nun Herr von Chaldicotes sein, wer da wollte, und während er dies Alles bedachte, fand er es sehr schwierig, auch nur äußerlich seine gute Laune zu bewahren.

Tom Towers hatte, wie es schien, die ganze Sache gewußt. Die kleine Bemerkung, die er bei Miß Dunstable fallen gelassen und die er, ohne Zweifel nur nach reiflicher Ueberlegung und auf stichhaltige politische Motive gestützt, gethan, ging dem allgemeinen Gerücht, daß die Riesen wieder gestürzt werden würden, nur um zwölf Stunden voran.

Es war offenbar, daß die Riesen keine Majorität im Parlament hatten, so uneigennützige und großmüthige Versprechungen ihnen auch von den Göttern gemacht worden waren.

Dies war allerdings offenkundig, und deßhalb wollten sie an das Land appelliren, obschon ihnen ein sehr hervorragender Sprößling des Olymp gesagt, daß, wenn sie dies thäten, die bis jetzt geleistete uneigennützige Unterstützung ihnen entzogen werden müsse.

Diese Drohung schien kein großes Gewicht zu haben, und um zwei Uhr am Tage nach Miß Dunstable's Abendgesellschaft ward, wie man vermuthete, das entscheidende Wort gesprochen.

Das Gerücht hatte bei Tom Towers begonnen, war aber nun bis zu unserm Freunde, dem Bureauaufwärter Buggins, gedrungen.

„Nun, uns kann es gleich sein, nicht wahr, Mr. Robarts?“ sagte Buggins, während er ehrerbietig an

der Wand in der Nähe der Thür lehnte, welche zu
dem Zimmer des Privatsecretairs führte.

Es wurden im Laufe des Tages eine Menge
Gespräche speciellen, politischen und gemischten Inhalts
zwischen John Robarts und Buggins gepflogen, was
nicht befremden konnte, da sie ja in diesen schlimmen
Tagen hauptsächlich auf einander angewiesen waren.

Der neue Cabinetsminister war Harold Smith
sehr unähnlich. Er war ein Riese, der in seiner
Privatcorrespondenz und selbst in Bezug auf seine
Pflichten als Gönner sehr nachlässig war. Er besuchte
das Bureau nur selten, und da in Folge einer während des kurzen Regiments des armen Harold Smith
durchgeführten gründlichen Reform keine weiteren Kanz-
listen im Bureau waren, so konnte der junge Robarts
mit Niemanden weiter plaudern, als mit Buggins.

„Nein, ich glaube nicht,“ sagte Robarts, indem
er sein Löschpapier auf das meisterhaft gezeichnete Bild
eines auf seinem Divan sitzenden Türken drückte.

„Denn, sehen Sie,“ fuhr Buggins fort, „wir
sind ja im Oberhause, Sir, wo wir, meiner Ansicht
nach, auch stets sein sollten. Ich halte es für uncon-
stitutionell, wenn ein Minister im Unterhause sitzt.“

„Jetzt werden ein Mal überall Veränderungen
vorgenommen, Buggins,“ sagte Robarts, indem er
den Rauch von der Pfeife des Türken fertig machte.

„Ich will Ihnen Etwas sagen, Mr. Robarts,“ hob Buggins wieder an, „ich glaube, ich werde meinen Abschied nehmen. Ich kann diese immerwährenden Veränderungen nicht aushalten. Ich bin nun über sechzig Jahre alt und sehne mich nach Ruhe. Ich werde mich pensioniren lassen. Unser Bureau hat ungeheuer verloren, seitdem es einen Minister gehabt hat, der im Unterhause sitzt.“

Und Buggins entfernte sich seufzend, um sich hinter einem aufgeschlagenen großen Buche, welches auf dem Tische in der kleinen Loge vor dem Zimmer des Privatsecretairs lag, mit einer Kanne Porter zu trösten.

„Es ist Nichts mehr mit dem Staatsdienst,“ sagte er bei sich selbst, indem er die Porterkanne niedersetzte und über das Buch hinweg nach einem Gentleman schaute, der so eben zur Thür hereingetreten war.

„Ob Mr. Robarts in seinem Zimmer ist?“ sagte Buggins, die Worte des Fragenden wiederholend. „Ja wohl, Mr. Sowerby, Sie finden ihn dort erste Thür links.“

Zugleich fiel ihm ein, daß der neue Gast Vertreter einer Grafschaft war, ein Standpunkt, welcher, nach Buggins' Meinung, sehr nahe an den eines Pairs grenzte, und er stand daher auf, öffnete die zu dem

10*

Zimmer des Privatsecretairs führende Thür und ließ den Besuch ein.

Der junge Robarts und Mr. Sowerby waren natürlich in den Tagen der Regierung Harold Smith's mit einander bekannt geworden. Während dieser kurzen Zeit kam das Parlamentsmitglied für East Barset=shire an den meisten Tagen auf einige Minuten in das Bureau, hörte, was der energische Cabinetsminister thäte, plauderte über halb offizielle Gegenstände und lehrte den Privatsecretair über seinen Meister lachen.

Dem gegenwärtigen Besuch lag jedoch Nichts zu Grunde, was eigenthümlich zu sein schien, oder was sofortige spezielle Auseinandersetzungen erforderte. Mr. Sowerby setzte sich auf die gewöhnliche Weise nieder und begann über das Thema zu sprechen, welches jetzt überall den Mittelpunkt der Conversation bildete.

„Wir müssen Alle fort," sagte Sowerby.

„So höre ich," sagte der Privatsecretair. „Für mich wird es weiter keine Störung sein, denn, wie Buggins sagt, wir sind jetzt im Oberhause."

„Wie herrlich haben es doch diese Lords!" sagte Sowerby. „Sie brauchen keine Wähler, sie brauchen sich nicht mit aller Welt herumzustreiten, sie brauchen keine politische Meinung, ja gar keine Meinung zu haben. Apropos, wo ist denn Ihr Bruder?"

„Zu Hause," sagte der Privatsecretair, „wenig=
stens vermuthe ich es."

„In Framley oder in Barchester? Ich glaube,
vor nicht langer Zeit wohnte er in Barchester."

„Jetzt ist er in Framley, wie ich ganz gewiß
weiß. Erst gestern bekam ich von seiner Gattin einen
Brief und einen Auftrag. Mein Bruder war glücklich
zu Hause angelangt, und Lord Lufton so eben wieder
abgereis't."

„Ja, Lord Lufton ist auch dort gewesen. Er brach
heute Morgen nach Norwegen auf. Ich wünsche Ihren
Bruder zu sprechen. Sie selbst haben wohl Nichts
von ihm gehört?"

„Nein, in der letzten Zeit nicht. Mark ist ein
schlechter Briefschreiber. Zu einem Privatsecretair
würde er nicht taugen."

„Wenigstens nicht bei Harold Smith. Aber
glauben Sie nicht, daß ich ihn in Barchester träfe?"

„Lassen Sie ihm telegraphiren, und er wird sich
dort einfinden."

„Das möchte ich nicht. Eine telegraphische De=
pesche macht auf dem Lande solches Aufsehen, erschreckt
die Weiber und setzt alle Pferde in Galopp."

„Um was handelt es sich denn?"

„Um Nichts von großer Bedeutung. Ich wußte
nicht, daß er Ihnen Nichts davon erzählt hat. Ich

will mit der heutigen Nachtpost schreiben, und dann
kann er mich morgen in Barchester treffen. Oder
schreiben Sie. Nichts ist mir verhaßter, als Briefe
schreiben — sagen Sie ihm blos, ich wäre dagewesen
und würde ihm sehr verbunden sein, wenn er mich —
wir wollen sagen, um zwei Uhr im Drachen treffen
könnte. Ich werde mit dem Eilzug dorthin reisen.“

Mark Robarts hatte ein Mal, als er mit Mr.
Sowerby über diese bevorstehende Geldnoth sprach,
erwähnt, daß, wenn es nothwendig wäre, den Wechsel
auf kurze Zeit aufzunehmen, er vielleicht im Stande
sein würde, das Geld von seinem Bruder zu borgen.
Es lag jetzt von dem Vermächtniß des Vaters noch
so viel in den Händen des Privatsecretairs, daß er
im Stande gewesen wäre, den Betrag des letztern
Papiers zu decken, und es ließ sich nicht bezweifeln,
daß er, wenn man ihn darum anginge, das Geld
hergeben würde.

Mr. Sowerby’s Besuch in dem Ministerialbureau
war durch den Wunsch veranlaßt, zu erfahren, ob ein
solches Ansinnen gemacht worden, so wie durch den
halben Entschluß, dieses Gesuch selbst zu stellen, wenn
er fände, daß der Vicar es nicht gethan. Es schien
ihm beklagenswerth zu sein, daß eine solche Summe
in der Nähe liege und gleichsam mit Händen zu greifen
sei, ohne daß er sich bückte, um sie in seine Hände zu

bekommen. Eine solche Enthaltsamkeit hätte mit der ganzen Praxis seines Lebens in solchem Widerspruch gestanden, daß sie ihm eben so viel Ueberwindung gekostet hätte, als es einem Jäger kostet, einen Hasen unbehelligt laufen zu lassen.

Dennoch fühlte er in seinem Herzen eine Art Reue, als er so in dem Zimmer des Privatsecretairs auf seinem Stuhl sich schaukelnd dasaß und in das offene Gesicht des jungen Mannes schaute.

„Ja, ich will ihm schreiben," sagte John Robarts; „etwas Besonderes hat er mir aber nicht gesagt."

„Nicht? Na, es kommt weiter Nichts darauf an. Ich erwähnte es blos, weil es mir war, als hätte er davon gesprochen."

Und nachdem Mr. Sowerby dies gesagt, fuhr er fort, sich zu schaukeln.

Wie kam es, daß es ihm so widerstrebte, gegen einen jungen Mann, wie John Robarts, der weder Weib noch Kind hatte, dem der Verlust des Geldes, da er ja einen reichlichen Gehalt hatte, wovon er leben konnte, nicht ein Mal großen Nachtheil gebracht haben würde, jene kleine Summe von fünfhundert Pfund zu erwähnen?

Er wunderte sich über seine eigene Schwäche. Er war in drückender Geldverlegenheit. Er hatte Gründe, zu glauben, daß Mark es sehr schwierig finden würde, die Wechsel zu prolongiren, er aber, Sowerby, konnte der Präsentation derselben zuvor= kommen, wenn er die erforderliche Summe sofort in die Hände bekam.

„Kann ich Ihnen mit irgend Etwas dienen?" sagte das unschuldige Lamm, indem es seine Kehle dem Fleischer darbot.

Ein sonderbares, ungewohntes Gefühl aber lähmte die Finger des Fleischers und machte sein Messer stumpf. Er saß, nachdem die Frage an ihn gerichtet worden, eine halbe Minute lang still, sprang dann vom Stuhle auf und lehnte das Anerbieten ab.

„Nein, nein, ich danke. Schreiben Sie nur Mark, und sagen Sie, ich würde morgen bei ihm sein."

Dann nahm er seinen Hut und eilte aus dem Bureau hinaus.

„Was für ein Thor ich doch bin!" sagte er bei sich selbst, „als ob es nun noch Etwas nützen könnte, Rücksichten zu nehmen."

Dann stieg er in eine Droschke und ließ sich Portman Street hinauf bis an die Ecke von New Road fahren. Hier stieg er aus und ging einige hun= dert Schritte weit eine Querstraße hinab, bis er an ein Wirthshaus kam, welches unter dem Namen die „Ziege" bekannt war und noch ist, und sich rühmt, bereits in den Tagen Cromwell's ein stark besuchter,

damals weit außerhalb der Stadt liegender öffentlicher
Ort gewesen zu sein.

„Ist Mr. Austen hier?" fragte Mr. Sowerby
den Kellner.

„Welchen meinen Sie. Mr. John ist nicht da,
Mr. Tom aber ist es — in dem kleinen Zimmer
links."

Der Mann, welchen Mr. Sowerby am Liebsten
gesprochen hätte, war der ältere Bruder John; da derselbe aber ein Mal nicht da war, so ging er in das
ihm bezeichnete kleine Zimmer.

In diesem Zimmer traf er Mr. Austen den Jün-
geren, der aber auch zugleich den Namen Tom Tozer
führte.

Mr. Sowerby liebte, obschon er mit der Familie
sehr genau bekannt war, die Tozers nicht, ganz besonders aber haßte er Tom Tozer. Dieser war ein Kerl
mit einem Hals wie ein Stier, niedriger, tückischer
Stirn, und einem Gesicht, welches den unverkennbaren
Stempel des Schurken trug.

„Ich bin ein Schurke," schien es zu sagen. „Ich
weiß es, die ganze Welt weiß es, aber Du bist auch
einer. D i e s weiß allerdings nicht die ganze Welt,
aber i c h weiß es. Die Menschen sind so ziemlich alle
Schurken. Einige sind heimliche Schurken, und Andere

sind offene Schurken; ich bin ein offener, also nimm
Dich in Acht!"

So schien Tom Tozer's Gesicht zu sprechen und,
obschon in seinem Herzen ein Lügner durch und durch,
war er es doch nicht in seinem Gesicht.

„Guten Tag, Tozer," sagte Mr. Sowerby, indem
er dem schmutzigen Strolch die Hand drückte. „Ich
wünschte Ihren Bruder zu sprechen."

„John ist nicht da und wird auch nicht kommen,
es ist aber ganz einerlei."

„Ja, ja, das glaube ich. Ich weiß, daß Ihr
Beide für gemeinschaftliche Rechnung jagt."

„Ich weiß nicht, was Sie damit sagen wollen,
Mr. Sowerby. Sie vornehmen Leute genießen das
Vergnügen der Jagd allein, und wir armen Leute
haben weiter kein Vergnügen, als die Arbeit. Hoffent=
lich kommen Sie, um die kleine Summe zu bezahlen,
die wir schon so lange zu fordern haben."

„Deßwegen komme ich allerdings. Ich weiß nicht,
was Sie lange nennen, Tozer. Das letzte Papier
ist im Februar ausgestellt."

„Aber doch längst fällig?"

„Fällig ist es allerdings, das steht außer Zweifel."

„Nun, wenn ein Papier fällig ist, so will man
das Geld dafür haben, das ist meine Idee. Und ich
muß Ihnen sagen, Mr. Sowerby, daß Sie in der

letzten Zeit nicht sehr freundlich gegen uns gehandelt haben. In jener Angelegenheit mit Lord Lufton waren Sie sogar geradezu gegen uns."

„Sie wissen, daß ich nicht anders konnte."

„Nun, jetzt können wir auch nicht anders. Wir wissen, was wir zu thun haben, Mr. Sowerby. Ueberdies fehlt es uns gerade jetzt ungemein an baarer Kasse, und wir müssen diese fünfhundert Pfund haben. Wir müssen sie haben, oder jenes kleine Pfäfflein bei den Ohren nehmen lassen. Ich will verdammt sein, wenn es nicht leichter ist, von einem Hund einen Knochen, als von einem Pfaffen Geld zu bekommen. Warum bezahlt er nicht?"

Mr. Sowerby war in der Absicht gekommen, zu melden, daß er im Begriff stände, den nächstfolgenden Tag nach Barchester zu reisen, um wegen jenes Papiers Arrangements zu treffen, und hätte er John Tozer getroffen, so würde er diesen bewogen haben, ihm noch eine kleine Frist zu bewilligen. Tom sowohl als John wußten dies, und deßhalb ließ John — der weichherzige — sich nicht sehen.

Daß Tom schwach sein würde, stand nicht zu befürchten, und nachdem man eine halbe Stunde unterhandelt, entfernte sich Mr. Sowerby wieder, ohne daß Tom ein Symptom von Schwäche an den Tag gelegt hätte.

„Wir brauchen Kaſſe, Mr. Sowerby, weiter
kann ich Nichts ſagen," waren die letzten Worte, die
er ſprach, als das Parlamentsmitglied das Zimmer
verließ.

Mr. Sowerby ſtieg hierauf wieder in eine Droſchke
und ließ ſich nach der Wohnung ſeiner Schweſter fahren.

Es iſt eine auffallende, durch vielfache Erfahrung
beſtätigte Wahrnehmung, daß Leute, die in Geldver=
legenheit ſind, wie jetzt der Fall mit Mr. Sowerby
war, niemals wegen kleiner Summen verlegen zu
ſein ſcheinen, und ſich eben ſo wenig irgend einen Luxus=
genuß verſagen, der ſich durch eine kleine Summe
erkaufen läßt. Miethwagen, Diners, Wein, Theater
und neue Handſchuhe ſtehen ſtets zur Verfügung von
Leuten, welche in Schulden ſtecken bis über die Ohren,
während dagegen oft Solche, die keinem Menſchen
einen Heller ſchuldig ſind, dieſe Genüſſe entbehren
müſſen. Wie es ſcheint, iſt kein Vergnügen koſtſpie=
liger, als das, ſich von Schulden frei zu halten.
Dann aber iſt es auch nicht mehr als billig, daß der
Menſch, wenn er ein Steckenpferd hat, daſſelbe auch
bezahle.

Jeder Andere würde ſeinen Schilling geſpart
haben, denn Miſtreß Harold Smith's Wohnung war
gar nicht weit entfernt, aber daran dachte Mr. So=
werby nicht im Mindeſten. Er hatte in ſeinem Leben

keinen Schilling gespart, und es fiel ihm nicht ein,
nun erst damit beginnen zu wollen.

Er hatte seiner Schwester sagen lassen, daß sie
zu Hause bleiben solle, und demgemäß traf er sie auch,
ihn erwartend, an.

„Harriet," sagte er, indem er sich in einen Lehn-
stuhl warf, „das Spiel ist endlich so ziemlich aus."

„Dummes Zeug!" entgegnete sie, „das Spiel ist
noch gar nicht aus, sobald Du nur den Muth hast,
es weiter fortzusetzen."

„Ich kann blos sagen, daß ich heute Morgen
von dem Anwalt des Herzogs eine in aller Form aus-
gefertigte Kündigung sämmtlicher von ihm geliehenen
Kapitalien erhalten habe."

„Aber Das hattest Du ja schon erwartet."

„Ich sehe nicht ein, daß die Sache dadurch besser
gemacht würde. Ueberdies weiß ich nicht, ob ich es
wirklich erwartet hatte, wenigstens hatte ich keine Ge-
wißheit. Nun allerdings ist kein Zweifel mehr übrig."

„Das ist auch besser so. Nun weißt Du doch,
auf was für Boden Du stehst."

„Ich werde sehr bald gar keinen Boden mehr
haben, auf dem ich stehen kann — wenigstens keinen,
der mir gehörte — nicht einen Acker," sagte der un-
glückliche Mann in sehr bitterem Tone.

„Du kannst aber doch jetzt nicht ärmer sein, als

Du voriges Jahr warst. Du haft keinen nennens=
werthen Aufwand gemacht. Chalvicotes ist jedenfalls
so viel werth, als Du dem Herzog schuldig bist."

„Aber was hilft mir Das? Uebrigens denke ich
an meinen Sitz im Parlament mehr, als an Chal=
vicotes."

„Du weißt, welchen Rath ich Dir schon gegeben
habe. Bitte Miß Dunstable, Dir das Geld auf die=
selbe Sicherheit vorzuschießen, welche der Herzog in
den Händen hat. Wenn Du dann Alles arrangirt
haft, so mache ihm in seinem Wahlbezirk Opposition.
Es ist möglich, daß Du unterliegst" —

„Ich hätte nicht die mindeste Aussicht auf Sieg."

„Aber man würde daraus doch erfahren, daß
Du nicht eine Creatur in den Händen des Herzogs
bist. Das ist mein Rath," sagte Mistreß Smith mit
Energie, „und wenn Du es wünschest, so will ich mit
Miß Dunstable darüber sprechen und sie bitten, ihren
Anwalt zu diesem Behufe zu instruiren."

„Hätte ich dies doch gethan, ehe ich die andere
Albernheit beging!"

„Darüber mache Dir weiter keine Sorge. Miß
Dunstable wird, wenn sie ihr Geld auf diese Weise
anlegt, Nichts verlieren, und deßhalb bittest Du sie
ja um keine Gefälligkeit. Hat sie sich übrigens nicht
schon selbst dazu erboten? Sie ist gerade die Person,

so Etwas für Dich jetzt zu thun, weil sie sich kürzlich
weigerte, auf Deinen Antrag einzugehen. Du bist
ein erfahrener Mann, Nathanael, aber die Frauen
scheinst Du doch noch nicht zu verstehen, wenigstens
nicht eine solche, wie Miß Dunstable."

Es widerstrebte Mr. Sowerby sehr, pecuniaire
Hülfe von derselben Person zu erbitten, deren Hand
er vor erst so kurzer Zeit zu gewinnen gesucht, aber
er gab endlich seiner Schwester Recht. Was hätte
auch ein Mann in solcher Bedrängniß thun können,
was ihm nicht widerstrebt hätte?

Er war in diesem gegenwärtigen Augenblick erfüllt
von grimmigem Haß gegen den Herzog, Mr. Fother=
gill, Gumption und Gagebee und die ganze Sippschaft
von Gatherum Castle und South Audley Street, denn
diese Menschen wollten ihm rauben, was das Eigen=
thum der Sowerbys gewesen, ehe man noch den
Namen Omnium in der Grafschaft oder überhaupt in
England gehört. Der große Leviathan der Tiefe wollte
ihn als Beute verschlingen und mit kaltblütiger Grau=
samkeit von der Oberfläche der Erde hinwegtilgen.

Jeder Schritt, durch welchen ein so schlimmer
Tag fern gehalten werden konnte, mußte annehmbar
erscheinen, und deßhalb ertheilte Mr. Sowerby seiner
Schwester den Auftrag, Miß Dunstable diesen zweiten
Antrag zu machen. Indem er dem Herzog fluchte —

denn er fluchte ihm weiblich — fiel ihm nicht ein, zu bedenken, daß der Herzog im Grunde genommen doch blos das Seinige verlangte.

Was Miſtreß Harold Smith betraf, ſo läßt ſich, welche Anſicht man auch von ihrem Charakter als Weib und Mitglied der Geſellſchaft im Allgemeinen haben mag, doch nicht leugnen, daß ſie als Schweſter wirkliche Tugenden beſaß.

Neuntes Kapitel.

Ein Trost.

Am nächstfolgenden Tage punkt zwei Uhr war Mark Robarts im Gasthaus zum Drachen und ging in demselben Zimmer auf und ab, in welchem man nach Harold Smith's Vorlesung gefrühstückt und auf Mr. Sowerby's Ankunft gewartet hatte.

Er hatte natürlich sofort errathen, was für eine Geschäftsangelegenheit es war, in welcher sein Freund ihn zu sprechen wünschte, und sich gewissermaßen über diese Meldung gefreut.

Den Charakter seines Freundes nach dem beur= theilend, was er bis jetzt gesehen, glaubte er, Mr.

Das Pfarrhaus Framley. IV.   11

Sowerby würde ihn nicht selbst aufsuchen, wenn es nicht in seiner Macht stände, Vorkehrung wegen jener schrecklichen Wechselpapiere zu treffen.

Demgemäß ging er in dem düstern Zimmer auf und ab und ward sehr ungeduldig, als Mr. So= werby ein Viertel auf Drei noch nicht da war.

Als es aber Drei schlug, war Mr. Sowerby da und Mark Robarts' Hoffnung ziemlich zu Ende.

„Wie? Sie glauben, diese Leute werden neun= hundert Pfund verlangen?" fragte Robarts, indem er aufstand und das Parlamentsmitglied mit funkelnden, zornigen Blicken betrachtete.

„Ich fürchte es allerdings," sagte Sowerby. „Ich halte es für's Beste, Ihnen sogleich das Schlimmste zu sagen, damit wir sehen, was sich thun läßt."

„Ich kann Nichts thun und will Nichts thun," sagte der Vicar. „Mögen diese Leute beginnen, was sie Lust haben — was das Gesetz ihnen er= laubt."

Und dann dachte er an Fanny und seine Kinder, an Lucy, welche in ihrem Stolz Lord Lufton's Aner= bieten zurückgewiesen, und er wendete das Gesicht ab, damit der abgehärtete Weltmann, vor dem er stand, nicht die Thräne sehen möchte, die ihm unwillkürlich in die Augen trat.

„Aber, Mark, mein lieber Freund," sagte Sowerby, indem er seine Zuflucht zu der Macht seiner einschmeichelnden Stimme zu nehmen suchte.

Robarts hörte jedoch nicht darauf.

„Mr. Sowerby," sagte er mit einem sich bei jeder Silbe verrathenden Bemühen, ruhig zu sein, „es kommt mir ganz so vor, als hätten Sie mich bestohlen. Daß ich ein Narr und schlimmer als ein Narr gewesen bin, das weiß ich recht wohl, aber — aber — ich hätte geglaubt, daß Ihre Stellung in der Welt mich gegen ein solches Verfahren von Ihrer Seite sicherstellen müßte."

Mr. Sowerby war keineswegs ohne Gefühl und die Worte, welche er jetzt hörte, verwundeten ihn tief — um so tiefer, als es ihm unmöglich war, dieselben mit einem Anschein von Entrüstung zu beantworten. Er hatte seinen Freund allerdings bestohlen, und trotz allem seinem Witz fiel ihm Nichts ein, was witzig genug gewesen wäre, um der Sache den Anschein zu geben, als hätte er seinen Freund n i c h t bestohlen.

„Robarts," sagte er, „Sie können mir jetzt sagen, was Sie wollen. Ich werde Ihnen deßhalb nicht zürnen."

"Wer fragt denn nach Ihrem Zorn?" entgegnete der Vicar, sich grimmig herumdrehend. "Der Zorn eines Ehrenmannes ist einem Ehrenmann schrecklich, eben so wie der Zorn eines Gerechten dem Gerechten, aber Ihr Zorn!" rief er verächtlich und ging zwei Mal im Zimmer auf und ab, während Sowerby stumm auf seinem Stuhle sitzen blieb. "Ich möchte wissen, ob Sie an meine Frau und Kinder gedacht haben, als Sie diese Intrigue ersannen, die meinen Ruin herbeiführen wird."

Und dann ging er wieder im Zimmer auf und ab.

"Beruhigen Sie sich doch," hob Sowerby wieder an, "damit ich versuchen kann, Ihnen ein Arrange= ment vorzuschlagen."

"Ich mag Nichts davon wissen," entgegnete Mark Robarts. "Diese Ihre Freunde, sagen Sie, haben neunhundert Pfund von mir zu fordern, deren augen= blickliche Zahlung verlangt wird. Sie werden, wenn die Sache zur gerichtlichen Verhandlung kommt, ge= fragt werden, wie viel ich von diesem Gelde in die Hände bekommen habe. Sie wissen aber recht wohl, daß ich davon keinen Schilling zu sehen bekommen und auch keinen zu sehen verlangt habe. Ich will von kei= nem Arrangement wissen. Hier ist meine Person, und dort ist mein Haus. Möge es nun kommen, wie es wolle."

„Aber, Mark —"

„Ich verbitte mir diese vertrauliche Anrede bei meinem Vornamen; Sie wissen, wie ich heiße, Sir. ·Welch' ein Narr bin ich gewesen, mich von einem Gauner auf diese Weise beschwindeln zu lassen!"

Dies hatte Sowerby durchaus nicht erwartet. Er hatte den Vicar allerdings stets als einen muthigen, offenen, freimüthigen Mann betrachtet, welcher wohl im Stande sei, da nöthig, einen kecken Entschluß zu fassen, und der sich keineswegs scheue, sich auszuspre= chen; einen solchen Strom von Entrüstung aber hatte er nicht von ihm erwartet, und eben so wenig geglaubt, daß er solcher Worte fähig wäre.

„Wenn Sie dergleichen Ausdrücke gebrauchen, Mr. Robarts, so bleibt mir weiter Nichts übrig, als Sie zu verlassen," sagte Sowerby.

„Das können Sie thun. Immer gehen Sie. Sie sagen mir, Sie seien der Bote jener Leute, welche ·

mir neunhundert Pfund auspressen wollen. Sie ha=
ben Ihre Rolle bei dem Complott gespielt und mir
nun diese Meldung überbracht. Ich glaube, es wird
am Besten sein, wenn Sie zu Ihren Auftraggebern
zurückkehren. Was mich betrifft, so brauche ich meine
Zeit, um mein Weib auf das Schicksal vorzubereiten,
welches sie erwartet."

"Robarts, es wird ein Tag kommen, wo Sie die
Grausamkeit Ihrer Worte bereuen."

"Ich möchte wissen, ob Sie jemals die Grau=
samkeit Ihrer Thaten bereuen, oder ob diese Dinge
wirklich ein Scherz für Sie sind."

"Ich bin in diesem Augenblicke ein ruinirter
Mann," sagte Sowerby. "Ich sehe, wie mir Alles
entrissen wird — meine Stellung in der Welt, das
Besitzthum meiner Familie, das Haus meines Va=
ters, mein Sitz im Parlament, die Möglichkeit, un=
ter meinen Landsleuten oder überhaupt irgendwo
zu leben, aber alles dies drückt mich jetzt nicht so
tief zu Boden, wie das Unglück, welches ich über Sie
gebracht."

Und Sowerby wendete ebenfalls das Gesicht ab
und trocknete sich Thränen, welche nicht erkünstelt
waren.

Robarts ging immer noch im Zimmer auf und ab, aber es war ihm nun nicht mehr möglich, in seinen Vorwürfen und Schmähungen weiter fortzufahren. Es ist dies immer so. Wer geduldig Schmach auf sein Haupt laden läßt, der bringt die Schmähungen Anderer zum Schweigen, wenigstens für den Augenblick.

Sowerby bemerkte dies, ohne weiter daran zu denken, und sah sofort, daß es ihm endlich möglich sein werde, eine Conversation anzuknüpfen.

„Sie sind," hob er wieder an, „sehr ungerecht gegen mich, wenn Sie glauben, ich hätte jetzt keinen Wunsch, Sie zu retten. Nur in der Hoffnung, dies zu thun, bin ich hierher gekommen."

„Und worauf steht Ihre Hoffnung? Wahrscheinlich, daß ich ein paar anderweite Wechsel acceptire, nicht wahr?"

„Nicht ein paar, sondern einen einzigen neuen Wechsel auf —"

„Ich will Ihnen Etwas sagen, Mr. Sowerby. Keine irdische Macht oder Rücksicht soll mich jemals bewegen, wieder meinen Namen als Accept unter einen Wechsel zu setzen. Ich bin sehr schwach gewesen und schäme mich meiner Schwäche, aber so viel Kraft hoffe ich noch zu besitzen. Ich bin sehr gewissenlos gewesen und schäme mich meiner Gewissenlosigkeit, aber so viel Rechtssinn und Klugheit habe ich noch. Ich setze meinen Namen unter keinen andern Wechsel, nicht um Ihretwillen, ja nicht ein Mal um meinet= willen."

„Aber, Robarts, in Ihren gegenwärtigen Um= ständen ist das ja geradezu Wahnsinn!"

„Nun gut, dann will ich wahnsinnig sein."

„Haben Sie Forrest gesprochen? Wenn Sie mit ihm sprechen wollen, so werden Sie, glaube ich, finden, daß sich Alles beilegen läßt."

„Ich schulde Mr. Forrest schon hundertundfünfzig Pfund, die ich mir von ihm geben ließ, als Sie mich wegen des Kaufpreises für jenes Pferd drängten, und ich will diese Schuld nicht vermehren. Was für ein Narr war ich auch in diesem Punkte! Sie wissen wahrscheinlich gar nicht mehr, daß, als ich mich dazu verstand, das Pferd zu kaufen, der Preis mein Beitrag zur Bezahlung dieser Wechsel sein sollte."

„Ich weiß es wohl; ich will Ihnen aber sagen, wie die Sache zusammenhing."

„Es kommt Nichts darauf an. Alle diese

Manöver haben nur einen und denselben Zweck gehabt."

„Aber so hören Sie doch! Ganz gewiß hätten Sie Mitleid mit mir, wenn Sie wüßten, was ich Alles durchzumachen gehabt. Ich gebe Ihnen mein heiliges Wort, daß ich nicht die Absicht hatte, Ihnen das Geld abzuverlangen, als Sie das Pferd nahmen. Sie entsinnen sich aber wohl noch jener Angelegenheit Lufton's, als er zu Ihnen in Ihr Hotel in London kam und wegen eines außenstehenden Wechsels so auf= gebracht war."

„Ich weiß, daß er, in so weit ich in Frage kam, sehr unbillig war."

„Allerdings war er dies, aber dies macht keinen Unterschied. In seiner Wuth war er entschlossen, die ganze Sache an die Oeffentlichkeit zu bringen, und ich sah ein, daß dies, wenn er es gethan hätte, für Sie sehr nachtheilig gewesen wäre, weil Sie damals gerade erst die Pfründe in Barchester angenommen hatten."

Hier zuckte der arme Pfründner fürchterlich zu= sammen.

„Ich setzte Himmel und Erde in Bewegung, um jenen Wechsel aufzutreiben," fuhr Mr. Sowerby fort;

„jene Geier hielten aber ihre Beute fest, als sie merk=
ten, welchen Werth ich darauf legte, und ich mußte
über hundert Pfund auftreiben, um in den Besitz des
Papieres zu gelangen, obschon jeder Schilling, der dar=
auf vorgeschossen worden, längst bezahlt war. In
meinem ganzen Leben habe ich nicht so innig gewünscht,
Geld zu bekommen, wie als ich diese hundertundzwan=
zig Pfund aufzutreiben suchte, und so wahr ich ewig
selig zu werden hoffe, ich that es blos um Ihret=
willen. Lufton hätte mir in dieser Sache Nichts
anhaben können.“

„Aber Sie sagten mir ja, Sie hätten das Papier
für fünfundzwanzig Pfund bekommen.“

„Ja, das sagte ich ihm allerdings. Ich mußte
es ihm sagen, weil ich ihm nicht merken lassen durfte,
wie viel mir daran lag, das Papier in die Hände zu
bekommen. Auch wissen Sie, daß ich nicht dieses
Alles in seiner und Ihrer Gegenwart auseinander=
setzen konnte. Sie würden, von Widerwillen erfüllt,
auf die ganze Pfründe verzichtet haben.“

„Wollte Gott, ich hätte es gethan!“ sagte Mark
bei sich selbst, obschon vergebens.

„Wohlan,“ fuhr Sowerby fort, „ich bekam das
Geld, aber Sie würden kaum glauben, welches Unter=

pfand man von mir für die Wiederbezahlung verlangte.
Ich bekam es von Harold Smith, und niemals, selbst
nicht in meiner größten Noth, werde ich ihn wieder
um Beistand angehen. Ich borgte es blos auf vier=
zehn Tage, und um es wiederbezahlen zu können,
mußte ich Sie um den Kaufpreis für jenes Pferd bit=
ten. Um Ihretwillen that ich dies Alles, Mark —
blos um Ihretwillen."

„Und nun soll ich Sie für Ihre Freundlichkeit
durch den Verlust meiner ganzen irdischen Habe bezah=
len, nicht wahr?"

„Wenn Sie die ganze Angelegenheit in Mr.
Forrest's Hand legen, so braucht Nichts angerührt zu
werden, nicht ein Haar auf dem Rücken eines Pferdes,
obschon Sie genöthigt sein würden, den ganzen Betrag
selbst allmählich von Ihrem Einkommen zu bezahlen.
Sie müssen eine Reihe von vierteljährlich fällig wer=
denden Wechseln ausstellen und dann —"

„Ich stelle keinen Wechsel aus! Ich schreibe
meinen Namen unter kein Papier der Art! In
dieser Beziehung steht mein Entschluß fest — mag
man kommen und das Schlimmste über mich ver=
hängen!"

Mr. Sowerby redete noch lange, war aber

nicht im Stande, den Vicar wankend zu machen.
Dieser wollte von Allem, was Mr. Sowerby ein
Arrangement nannte, durchaus Nichts hören, sondern
blieb dabei, daß er zu Hause in Framley bleiben würde,
und daß Jeder, der Ansprüche an ihn hätte, gerichtliche
Schritte thun möchte.

„Ich selbst werde Nichts thun," sagte er; „wenn
aber gerichtliche Schritte gegen mich gethan werden, so
werde ich beweisen, daß ich niemals einen Schilling
von diesem Gelde besessen."

Und mit diesem Entschluß verließ er den
„Drachen."

Mr. Sowerby hatte ein Mal gesagt, es werde
räthlich sein, jene Summe von John Robarts, dem
Bruder des Vicars, zu borgen, dieser aber wollte jetzt
Nichts davon wissen; Mr. Sowerby war nicht der
Freund, mit welchem er sich jetzt über dergleichen Dinge
zu berathen wünschte.

„Ich bin," sagte er, „jetzt nicht vorbereitet, zu
erklären, was ich thun könnte. Ich muß erst sehen,
was für Schritte von Andern gethan werden."

Und damit nahm er seinen Hut, ging fort, be=
stieg im Hofe des „Drachen" sein Pferd — das
Pferd, welches ihm jetzt aus vielen Gründen

so verhaßt war — und ritt langsam nach Hause
zurück.

Viele Gedanken gingen ihm während dieses Rit=
tes durch den Kopf, aber nur ein einziger Entschluß
faßte festen Stand. Er mußte seinem Weibe nun
Alles sagen. Er wollte nicht so grausam sein, es zu
verschweigen, bis ein Gerichtsdiener an die Thür
pochte, um ihn in Wechselarrest zu führen, oder
bis man ihnen die Betten wegnahm, auf welchen
sie lagen. Ja, er wollte ihr Alles sagen — so=
fort, ehe noch sein Entschluß wieder in den Hinter=
grund träte.

Auf dem Hofe stieg er ab und als er die Haus=
magd an der Küchenthür sah, befahl er ihr, ihre Her=
rin zu bitten, sich bei ihm in seinem Zimmer einzu=
finden. — Wenn es ein Mal bestimmt ist, daß ein
Mensch ertrinken soll, ist es dann nicht besser, wenn
er ertrinkt und dann damit fertig ist?

Fanny erschien sofort und kam so schnell herbei=
geeilt, daß sie seinen Arm berührte, als er selbst erst
in's Zimmer trat.

„Mary sagt, Du wolltest mich sprechen," sagte
sie. „Ich war im Garten und jätete."

„Ja, Fanny, ich wünsche Dich allerdings zu
sprechen. Setz' Dich einen Augenblick nieder."

Und er ging quer über das Zimmer, um seine Reitgerte an den gewohnten Nagel zu hängen.

„O, Mark, ist Etwas vorgefallen?" fragte Fanny zitternd.

„Ja, theuerstes Weib, ja. Setze Dich, Fanny; ich kann besser zu Dir sprechen, wenn Du Dich setzest."

Aber die arme Frau wünschte nicht, sich zu setzen. Er hatte auf ein Unglück hingedeutet, und deßhalb wünschte sie ihm zur Seite zu stehen, um ihn, da nöthig, mit ihrer schwachen Kraft zu stützen.

„Nun gut, wenn ich muß, so will ich mich setzen. Aber, Mark, erschrecke mich nicht. Warum machst Du ein gar so verzweifeltes Gesicht?"

„Fanny, ich habe sehr unrecht gehandelt," sagte er. „Ich bin sehr thöricht gewesen. Ich fürchte, daß ich großen Kummer und großes Drangsal über Dich gebracht habe."

Und dann stützte er den Kopf auf die Hand und wendete das Gesicht von ihr ab.

„O, Mark, theuerster Mark, theuerster Mark, was ist es?" rief Fanny, sprang rasch von ihrem Stuhl auf und warf sich ihm zu Füßen. „Wende

Dich nicht von mir ab. Sage es mir, Mark! Sag'
es mir, damit wir es theilen können."

„Ja, Fanny, ich muß es Dir jetzt sagen, aber
ich weiß nicht, was Du von mir denken wirst, wenn
Du es gehört hast."

„Ich werde denken, daß Du mein Gatte bist,
Mark. Dies werde ich denken — dies hauptsächlich,
mag es sein, was es wolle."

Und dann liebkos'te sie seine Kniee und blickte zu
ihm auf, ergriff eine seiner Hände und drückte sie
zwischen ihre beiden. „Und wenn Du auch thöricht
gewesen bist, wer sollte Dir verzeihen, wenn ich es
nicht könnte?"

Und nun erzählte er ihr Alles von jenem Abend
an, wo Mr. Sowerby ihn in sein Schlafzimmer ge=
lockt, und sprach dann bald von den Wechseln, bald
von den Pferden, bis die arme Fanny durch diese
complicirte Geschichte ganz verwirrt gemacht ward.
Sie konnte ihm nicht in die Einzelnheiten der Geschichte
folgen, und eben so wenig konnte sie vollkommen seine
Entrüstung gegen Mr. Sowerby theilen, denn von
den Operationen bei Erneuung oder Prolongation
eines Wechsels hatte sie keinen Begriff. Die für sie
einzig wichtige Frage in der ganzen Angelegenheit war

die Höhe der Summe, welche ihr Gatte aufgefordert werden würde, zu bezahlen — so wie ihre zuversicht= liche Hoffnung, oder vielmehr fast Ueberzeugung, daß er niemals wieder in dergleichen Schulden gerathen würde.

„Und wie viel ist es im Ganzen, theuerster Freund?“

„Neunhundert Pfund verlangen diese Menschen von mir.“

„O mein Gott, das ist eine furchtbare Summe!“

„Und dann sind noch die hundertunfünfzig, welche ich bei der Bank geliehen — der Preis des Pferdes, wie Du weißt — und dann sind auch noch andere Schulden da — allerdings nicht viel, aber die Leute werden jetzt jeden Schilling haben wollen, der ihnen gebührt. Wenn ich Alles bezahlen soll, so brauche ich zwölf= bis dreizehnhundert Pfund.“

„Das wäre ja selbst mit der Pfründe beinahe unser ganzes Einkommen während eines Jahres!“

Dies war das einzige vorwurfsvolle Wort, wel= ches Fanny aussprach, wenn man es nämlich einen Vorwurf nennen konnte.

„Ja,“ sagte er, „und dieses Geld wird von Leu= ten gefordert, welche es ohne Erbarmen eintreiben

werden. Und wenn man bedenkt, daß ich alle diese
Schulden gemacht habe, ohne je nur Etwas dafür er=
halten zu haben! O, Fanny, was wirst Du von
mir denken!"

Sie schwur ihm aber, daß sie ihre Gedanken mit
Bezug auf ihn niemals dabei verweilen lassen würde.
War er nicht ihr Gatte! Sie freute sich so sehr, daß
sie dies wußte, daß sie ihn trösten konnte.

Und so tröstete sie ihn wirklich, und die Last
schien, so wie er davon sprach, auf seinen Schultern
immer leichter und leichter zu werden.

Eine Bürde, die ein einziges Paar Schultern zu
zermalmen droht, wird, wenn sie gleichgestellt wird —
wenn zwei Personen sie tragen, von welchen jede be=
reit ist, die schwerere Hälfte auf sich zu laden, leicht
wie eine Feder. Ist nicht einer der Hauptgründe, aus
welchen ein Mann sich ein Weib wünscht, der, daß er
die Last seines Gemüths mit ihr theilen kann? Denn
es giebt keine größere Thorheit, als seine Sorgen zu
verschweigen.

Und diese Frau übernahm heiter, froh und dank=
bar ihren Antheil. Mit ihrem Herrn und Gemahl
alles Ungemach zu theilen, war ihr leicht. Es war
die Aufgabe, zu welcher sie sich verbindlich gemacht.

Der Gedanke aber, daß ihr Gemahl Sorgen hätte, die er ihr nicht mittheilte, wäre für sie unerträglich gewesen.

Und nun discutirten sie ihre Pläne, wie sie sich aus dieser furchtbaren Geldschwierigkeit retten konnten. Fanny schlug als ächte Hausfrau vor, sofort Alles abzuschaffen, was überflüssig sei. Sie wollten alle ihre Pferde verkaufen; ihre Kühe wollten sie zwar nicht verkaufen, wohl aber die Butter, die von ihnen kam; sie wollten das Ponychaischen abschaffen und dem Stallburschen sein Attest schreiben. Daß der Lakai fort müsse, verstand sich von selbst.

„Jedenfalls, liebe Fanny,“ sagte Mark, „kannst Du glauben, daß ich um keiner Verlockung willen, die mir jemals geboten werden könnte, je wieder meinen Namen unter einen Wechsel schreiben werde.“

Der Kuß, mit welchem Fanny für das ihr gespendete feine Lob dankte, war so warm und innig, als ob Mark die erfreulichste Nachricht mit nach Hause gebracht hätte, und als er, wie dies an diesem Abend geschah, am Tische saß und die Sache nicht blos mit Fanny, sondern auch mit Lucy besprach, wunderte er sich, wie es kam, daß seine Drangsale ihm jetzt so leicht erschienen.

Ob der Mensch seine Privatvergnügungen haben
sollte oder nicht, darüber will ich mich jetzt nicht aus=
sprechen, so viel aber kann ich sagen und behaupten,
daß es nie der Mühe verlohnt, seine Kümmernisse für
sich zu behalten.

Ende des vierten Bandes.